ヘタレな俺は
ウブなアラサー美女を落としたい

兎山もなか

STARTS
スターツ出版株式会社

お酒は二十歳になってから。
恋はいくつになってから？

目次

ヘタレな俺はウブなアラサー美女を落としたい

一杯目　始まりのスクリュー・ドライバー

俺は道端に横たわって、薄紫色に染まった夜明けの街の景色を見つめていた。目の前にはどこから飛んできたのか桜の花びら。それから、煙草《たばこ》の吸い殻。薄暗い景色の中、どちらもアスファルトの上にひっそりと存在している。

綺麗な花も捨てられたゴミも同じ場所。俺はどっち寄りだ？

昼間や夜は雑踏《ざっとう》でも、朝五時過ぎともなれば人の気配も少なく、静かで寂しい。さっきから俺が起き上がれずに這《は》いつくばっているのは、そういう場所だった。

「ヒッ、ク……」

しゃっくりをするとアルコール混じりな吐息と一緒に、喉が〝コヒュー、コヒュー〟と危険な音をたてる。ちょうどそばを通りかかった若いリーマンに助けを求めようとしたが、体が思うように動かない。終いにはリーマンから面倒くさそうに目をそむけられ、俺はまたひとりになった。

〝コヒュー、コヒュー……〟

呼吸が更に、危険な音をたてる。俺はこのまま死ぬのか？

（まだ二十歳になったばかりなのに？）

今ここで倒れている原因は酒だ。それはぼんやりと憶《おぼ》えている。

胃のあたりがムカムカと気持ち悪いし、胸焼けも感じる。心臓は運動したあとみたいに早鐘《はやがね》を打ち、頭もズキズキする。体のあらゆる不調が一気に襲ってきたような不快感と倦怠感《けんたいかん》。

今までにも飲みすぎたと思うことは何度かあった。だけどこんなにうまく息ができず、頭が朦朧《もうろう》としているのは初めてだ。

「はッ……うっ……うー……」

起き上がろうともがいて。でも、ダメで。

呻《うめ》きながら、死体として自分が発見される現場を思い浮かべる。閉店準備のために外に出てきた夜の店の兄ちゃんが近寄ってきて「えっ……息してなくね？」と第一発見者に。そしてニュースで取り沙汰される〝ハメをはずしすぎた男子大学生の急性アルコール中毒死〟。

……ニュースにもならんか。自業自得のこんな死に様じゃ。

「あー……くっそ……」

格好悪い。ただひたすら、ダサい。大学に入って生まれ変わった気でいたのに。

俺がなりたかったのってこういう自分だっけ？

「大丈夫？」

薄紫色の光の中で、その人は不安げな顔で俺を見下ろしていた。髪は毛先まで綺麗に染められた透明感のあるグレージュ。パッチリとした瞳に、凛々《りり》しくて知性的な顔立ち。

つい「うわ……」と声を漏らしかけた。それほど強烈な、目の覚めるような美女だった。何かそういう……グラビアとかじゃなくて、格式高い写真集の中からそのまま出てきたような。形のいい唇も、なめらかな色白の肌も、後ろでひとつに結われているふんわりとした髪も、サイドに少し残った垂れている髪も。全部が完成形で。完璧で。何物にも代えがたく美しい。

国語の成績がずっと微妙だった俺をポエマーに変えてしまうほど、彼女は本物の美人だった。顔のパーツのみならず身に纏《まと》う空気すら、他の人とは違う。自分とは別次元で生きている人が、偶然この次元に現れてしまったみたいな特異感。

「ねぇ起きて。こんなところで寝てたら死んじゃうよ」

その人は俺の体を揺さぶり、声をかけてくる。こんな道端に転がってる男なんて、できるものなら放っておきたかっただろうに……。

年齢はよくわからなかった。これだけ落ち着いてて俺より年下ということはないだろうが……二十代だよな？　自信がない。人間離れした美しさを前に、自分の持っている基準があまりアテにならないような気がして。

優しい手に揺すられながら、俺はすぐにでもシャンとして、このお姉さんに御礼が言いたかった。格好をつけるには遅すぎるけど、もう一秒もこんな醜態《しゅうたい》を見られたくない。時間が巻き戻ったりしないかな。出会うところからやり直せたなら、俺はもう少しモテメンらしく振る舞って、この人とワンチャンそういう関係に……ないか。想像することすらおこがましい気がしてきた。すみません……。

「聞こえてる？　ほらっ」

「うっ……！」

少し強引に腕を引っ張られ、上体を起こされた。体同士が近づいたことでふわっと香りを感じる。お姉さんのほうからほんのり香ってきたこの匂いは……なんだろう。ちょっとスモーキーだ。だけど煙草とは違う。もっと芳醇《ほうじゅん》な、甘く柔らかい香り。ただ、二日酔いでハイパーグロッキー状態に陥《おちい》っている今、これ以上香りを分析する余裕はない。俺は慌てて手で自分の口を塞いだ。

「はっ……吐きそっ……」

そう宣言した俺に対して、彼女はしれっと言ってのける。

「そう？　いいよ。出して」

いいわけあるかーい！　と突っ込む余裕も、ない。

泥酔してこんなところに寝っ転がっている時点でアウトだとわかっているが、リバースだけはダメだろ。そんなのもう終わりじゃん。一生この人に合わせる顔ないじゃん……。

　俺は気管から上がってきそうな諸々を喉奥へと押し留めながら、なんとか会話をする。

「いやっ……こんな軒先《のきさき》で、迷惑だしっ……」

「そうね。でも今はいいよ。ここ、私の店の前だし」

「えっ」

　私の店？

　その言葉が気になって、ここが何の店の前かを確かめようとしたが、頭が朦朧としているせいで遠くの景色がはっきりしなかった。ここにあった店はカフェだったか。それとも美容室？　高級クラブ？　彼女は夜の蝶なのか？

「出さないことには気持ち悪いの治まらないでしょ。吐き気は体の防衛本能だから我慢しないほうがいいよ。……店の中まで移動するのも難しそうだし。吐いても片付ければいいから、ほら。胃の中のもの全部出す気持ちで」

「いやいやっ……」

　本気で吐けばいいと思っていそうな口振りに、俺は焦って泣きそうになる。優しい手のひらに背中を撫《な》でられる。その間にも胃のムカムカや頭のグラグラは治まることを知らない。気持ち悪い。死にそう。助けてほしい。でも吐きたくない。

吐きたくないし……そもそも、俺は。

「吐けないっ……！」

「え？」

苦しくて、お姉さんの腕に掴《つか》まってなんとか上体を起こしたまま、情けなくそう叫んでいた。吐けない。吐きたくても俺は吐くことができない。仮に見栄とか男の沽券《こけん》とか全部を無視したとしても、無理なのだ。俺にはできない。物理的に。

「吐けないって、どうして……」

「俺っ……吐いたことがなくて」

「ん？」

「どうやって吐けばいいのか、全然っ……」

「……ああ」

その人は腑《ふ》に落ちたように相槌《あいづち》を打った。

——ああ死にたい。泥酔して道端に転がってるところを介抱してもらって、吐き気で真っ青な顔を晒《さら》して、挙句の果てに〝吐き方がわからない〟なんて泣き言……。

ダサいの重ねがけ。嫌われ要素のトリプルパンチ。再起不能の三重苦。

もういっそ殺してほしい。

「う、えぇっ……」

みっともなくぐしゃぐしゃになった顔で、ただ呻いていた。何も出ない。確かに気持ち悪くて、吐きそうという感覚はあるのに。いつまでも胃のひっくり返るような不快感だけが続く。出てくるのは涙と鼻水だけ。それが俺をよりみじめにさせた。

吐きそうで吐けない中途半端な感覚から解放されたくて苦しんでいると――その人は言った。

「ちょっと指入れるね」

「えっ……」

有無を言わさぬスピードで、流れるような所作《しょさ》で、ほっそりとした繊細な指が俺の口の中に入ってくる。

「んッ……あっ……」

――指の腹が舌に触れ、その感触にゾクゾクしたのも束の間。

人差し指と中指が俺の喉を広げるように、舌の思いきり奥のほうを〝グッ！〟と強く押した。

「おごっ!?」

「痛いから噛《か》まないで。もうちょっと奥いくよ〜」

予告どおり、指はそのまま更に奥へ。

そこから数秒。

「おえぇぇぇッ！」

綺麗に。サラサラと。

俺はその場にリバースした。

お姉さんは俺がすべてを吐き切るまで背中を撫で続けてくれた。そして俺の嘔吐《おうと》が治まると速やかに店の中へと俺を担ぎ込み、厨房《ちゅうぼう》の流し台で口をゆすがせてくれた。それから部屋の奥からペットボトルのスポーツドリンクを持ってきて、「そこに座ってこれ飲んで。飲めるだけでいいから」と手渡し、自分は新聞紙やバケツやポリ袋を持って店の外へ戻っていった。

一体何が起きたのかと、俺はスポーツドリンクを片手に放心する。貰ったそれを飲んだことで吐くときに感じた喉の焼ける感覚は少し落ち着き、気分も安定していた。心に余裕が生まれ、ゆっくりとあたりを見回す。

照明は点けられていなかった。開け放たれたドアから朝の光が入り込み、俺が座っているカウンターチェアのところまで光の筋が伸びて、薄暗い店内の様子をぼんやりと浮かび上がらせている。

カウンターを挟んで奥の棚にはずらりと酒のボトルが並んでいた。大きくは三段に分かれていて、一段の中にも奥にひな段があり、実質は六段。見覚えのある気がするデザインのボトルから絶対に初めて見たというものまで。すべてのラベルが正面を向いて、埃《ほこり》を被ることもなくピカピカと輝いている。一体何本あるんだ？

少し身を乗り出して覗《のぞ》き込むと、下には更にもう一段棚があった。そこには酒のボトルではなく、いろんな種類のグラスが置かれている。よく見る背が高い一般的なグラスに、ワイングラス。そして脚の長い逆三角形のグラスに、背の低いロックグラス。よくよく見ると似ていても微妙に形状が違うグラスもあり、いくつ種類があるのかパッと見では判断がつかない。

（ってことは、この店……）

大量の酒のボトルに多様なグラス。カウンターのあるこの店の配置。そして内装の雰囲気からして……。

ここが何の店か見当をつけていると、外から伸びてきていた光に影が差した。お姉さんが店の外から戻ってきた。手にはバケツ。それから汚れた新聞の入ったポリ袋。それを見て俺はサッと青褪《あおざ》めた。──そうだった！　なんで人に汚物の処理させてんだよ！

「ほんっっっとに、すみません……！」

「ん？　あー……ふふっ。いいよ気にしなくて」

深々と頭を下げる俺の頭上で、お姉さんは機嫌よく笑った。そのまま汚物を持ってバックヤードへ向かい、しばらくするとまたカウンターのほうへ戻ってきた。恐らく裏口のほうにゴミ捨て場があって、そこに汚物を持っていったんだろう。

俺は生きた心地がしなかった。さっきは吐きそうで死にそうでそれどころではなかったが、体調が回復するにつれて、今度は羞恥心《しゅうちしん》で死にそうになる。

初対面のお姉さんに介抱させるって何？　その上吐いたものの処理まで任せて。

もう人間やめるべきじゃない？

「ちょっとはラクになった？」

「はあ……いや、はい……」

とても舐《な》めた口を利ける立場ではなく、言い直した。

カウンター席に座ったまま縮こまる。全部を吐き出したお陰で気分はスッキリとしていた。ただ自分のあまりの醜態が受け入れ難く、アルコールとは関係なく頭が痛い。

お姉さんはカウンターの中のシンクで手を洗いながら、何気なく会話を続けてくる。

「それはよかった。胃酸って結構強いから、よければ奥で歯磨きもするといいわ。使い捨て歯ブラシがいくつかあると思う」

親切すぎる……。未だかつて初対面の人からこんなに優しくされたことがあっただろうか。もしかしてなんか騙《だま》されてる？

今まで触れた経験のない圧倒的な優しさを前に、つい不思議なものを見る目を向けてしまった。お姉さんは俺の視線に気付き、こちらを見る。目が合ってドキッとする。

彼女はそのままふわっと微笑んだ。

「吐いて胃が空っぽでしょ。よかったら朝ご飯食べていく？」

「えっ……いや、そこまではさすがに――」

言うと同時に〝ぐぅっ〟と俺のお腹が鳴った。普段そんなに大きな音で鳴らないじゃんと思うほど、自己主張の激しい鳴り方だった。

タイミングを考えてほしい。ベタが過ぎるぞ！

頭の中でだけ饒舌《じょうぜつ》で、実際は気まずさのあまり絶句してしまった。言葉の途中で硬直した俺に、お姉さんは「すぐ温めるから、一旦歯を磨いてきて」と笑った。


こんなに誰かに世話を焼いてもらうことが、この先の人生であるだろうか。

――そんなことをぼんやり考えながら、俺はシャコシャコと歯を磨いていた。店の奥にあるお手洗いで使い捨て歯ブラシを拝借して。

そのお手洗いは間接照明で柔らかく照らされ、置いてあるスティックタイプの芳香剤ひとつ取ってもお洒落《しゃれ》だ。さっきはトイレに移動するまで我慢できなかったことを悔いていたが、ここもここで吐くのが躊躇《ためら》われる。〝吐くまで飲むな〟って話に尽きるけど……。

綺麗に磨かれた正面の鏡には、さっきまで地面に這いつくばっていた情けない男子大学生が映っている。丸首の白いTシャツに、上から羽織っているのはグリーンのオープンカラー半袖シャツ。首に提げているのはトライアングルのネックレス。下は黒デニムのスキニーパンツ。髪は明るくライトブラウンに染めたショートミディアム。片耳には太めの黒いイヤーカフ。

〝遊んでる男子大学生〟を鍋にぶち込んで溶かして等分して平均値化して型に流し込んで再生産すれば、こんな男子ができあがる。俺のファッションはまさしくそんな感じだ。

念入りな歯磨きを終えて元いた部屋に戻ると、独特の香りが漂ってきた。エスニックで、ピリッとした刺激を伴っている。ちょっぴりスモーキーで、それでいて甘さすら感じる芳醇な香り。

（……カレー？）

それにしては複雑な香りだけど、カレー以外に該当するものが思いつかない。

俺が香りにつられたようにふらふらと近づいていくと、ちょうどお姉さんが鍋の火を止めるところだった。鍋の中身はやっぱりカレー。近づくとより強く感じるスパイスの香り。具は鶏肉らしきものが浮いているのが見える。とろみはなく、サラサラとしたタイプ。

まだ若干の気持ち悪さが残る今、正直カレーはちょっとクドいかも……。

ご馳走《ちそう》になる身で我《わ》が侭《まま》は言えないので、俺はそう感じたことを口に出さず、もちろん顔にも出さないように気をつけながら「美味《うま》そう」とだけつぶやいた。

「カレーだけど、極力油は取り除いてるの。油は使わずにスパイスを煎じてるから、きみがイメージしてる以上にシャバシャバでさっぱり食べられるよ」

「あ……それなら……」

胃に重そうだと感じていたのがバレてしまったかのような説明にドキッとしつつ、俺は再びカウンターチェアに腰掛ける。お姉さんが鍋の中のカレーをよそった皿を俺の前に出してくれる。スプーンを添えて。

また強く感じるスパイスの香り。俺がよく食べるカレーとは違って、茶色というよりはオレンジ。どろっとしたとろみはなく、どちらかといえばスープカレーのように透き通って見える。油を除いているというだけあって、カロリーの罪悪感をあまり感じないカレーだった。

「いただきます」

「どうぞ。召し上がれ」

早速スプーンで白ご飯の山を切り崩した。下のほうは既にサラサラのカレーをよく吸収していた。軽く混ぜ合わせて口の中へと運ぶ。

「……」

俺は口の中で咀嚼《そしゃく》して、飲み込んで、しばらく黙った。

黙ったまま心の中で「あー……」とじっくりひと息つき、更にもうひと口。程よく辛くてサラサラのカレーが五臓六腑《ごぞうろっぷ》に沁《し》みわたる。荒れていたであろう胃が優しく包まれていくような。実際に体は温まっていた。

ひと口。もうひと口。更にひと口。止まらなくなる。刺激的なスパイスの香りと味が、さっきまで地の底に落ちていた俺の自己肯定感を蘇《よみがえ》らせる。

ご飯が食べられる！　顔から汗が噴き出してくる。

それも、生きているという感じがする。

「美味《おい》しそうに食べるね」

「うっ……美味い！　です！」

気付けば夢中になってカレーを食べていて、彼女に感想を言うことも頭から抜けてしまっていた。しなびた植物に水を注ぐように、空っぽになっていた俺の胃にカレーを注ぐ。生き返った気分だ。

　俺が「美味い」と言ったことに気をよくしてか、お姉さんは更に口角を上げた。笑い方が格好いい。年を重ねればこんな笑い方ができるようになるんだろうか。でも、やっぱりそこまで年が離れているとも思えない。

「鶏肉も食べてみて」

「あ、うん」

　言われるがまま、サラサラのカレーの中に浮かぶ鶏肉をスプーンで掬《すく》う。ひと口大に切られた飴色《あめいろ》の鶏肉を口の中に運んだ瞬間、口の中に、カレーとはまた違う独特の味が広がった。

「んんッ……！」

　今度はあまりの美味さに、鶏肉を口に入れたまま〝バッ！〟と彼女を見た。彼女は美しい笑顔のまま俺を見ていて、こう解説してくれた。

「その鶏肉は燻製《くんせい》したから脂も結構落ちてるでしょ。量はあまり入れてないけど、少しでもジューシーに感じられるかなって。タンパク質もとれるし」

　確かにジューシーだ。そして、不思議な味だ。カレーなんて濃いものに混ぜたらなんでもカレーの味になってしまいそうなものなのに、鼻からふわっと燻製の香りが抜けていく。あまり油を感じないカレーの中では鶏肉に僅かに残った脂がすごく甘く感じられて、かつ、しつこくない。

燻製と聞いて、さっき彼女から感じたスモーキーな香りの正体もわかった。

「美味いです、これも。……そっか。さっき感じたのは燻製の匂いだったのか」

「あ、もしかして私に匂いが付いてた？」

頷《うなず》く。彼女は「そっかぁ」とゆったり相槌を打ちながら、自分の服の袖を鼻先に近づけてクンクンと嗅いだ。

「燻製はさすがに匂いが強いから家でやってるんだけど、髪とかには残っちゃうか」

さっき店先で彼女から感じた香りを思い出していた。正体が判明して納得したものの、ほんの少し違和感がある。……燻製の匂いってあんなんだっけ？

「燻製って……もっとクセが強くて独特の匂いがキツいイメージなんですけど」

今食べた鶏肉も、さっき彼女から感じた香りも、どちらもそんなに強い香りではなかった。スモーキーではあったが、もっと甘く柔らかくて、上品な感じ。

先入観《せんにゅうかん》？　〝美人だからいい匂いがするはず〟っていう？

それはあるかもしれない。あと他の匂いと混ざっていた可能性もある。柔軟剤《じゅうなんざい》とかフレグランスとか。……でも鶏肉は先入観も他の匂いもないか。

「きみが燻製の匂いと思ってるのは桜チップの匂いなんじゃない？」

「桜チップ……？」

「香りづけのためにスモークチップを炙《あぶ》って使うんだけど、チップにもいろんな種類があるの。鶏に合うと思って、今回は林檎《りんご》のチップを使ってみたんだけど……」

「……林檎」

そう言われて今度こそ合点《がてん》がいった。言われてみればあれは林檎のような匂いだった。甘くて柔らかくて上品。ただ普通の林檎ではなく、そこに芳醇なスモーキーさが混ざる大人の匂い。

カレーを食べる手は止まらなかった。掛け値なく美味しい。でも、彼女を見ることもやめられなかった。結果として俺は彼女と見つめあいながらカレーを食べることになる。

美人で世話焼き。信じられないくらい優しい。美味しいカレーが作れる。あと燻製に詳しい。まだ謎だらけの彼女の、知っていることだけ頭の中に並べ立てた。それだけで、俺が彼女に好意を持ってしまったことは明らかだった。

彼女はまだ俺のことを見つめている。ともすればこちらがうっとりしてしまいそうなほど綺麗な顔面で、満足そうに俺のことを見ている。このままでは緊張でカレーが喉を通らなくなると思い、俺は話題を探して口を開いた。

「なっ……名前っ！」

「名前？」

「俺っ……馬締純一《まじめじゅんいち》、です」

　彼女はカウンターに頬杖を突いたまま、目を丸くして「ああ」と相槌を打つ。今のが自己紹介だったと理解して、俺を見たままにっこり笑う。目を細めるのに合わせて自然と上がった口角に、俺の目は釘付けになる。

「篠森絹《しのもりきぬ》です」

　――しのもり、きぬ。

　大事に大事にその六文字を噛みしめて、心に刻む。しのもりきぬ。いつもなら軽率に
　名前まで美人なのかよと思って、でも口には出せなかった。いつもなら軽率に言葉
言葉にして口説いているところだ。だけど今は言えなかった。

〝玉砕してもいい〟とはとても思えなくて、言えなかった。

　絹さんは鼻歌でも歌い出しそうなくらい機嫌のいい表情で、目を伏せて言う。

「もうあんな飲み方はしちゃダメだよ」

　子どもに言って聞かせるような言い方に、俺は「あ、はい」と。

　ドキドキしながら最後まで食べたカレーの味を、俺は一生忘れないんだと思う。

　篠森絹という女性に助けられ、お手製のカレーを振る舞ってもらった。あのあと自

宅の学生アパートに戻ってシャワーを浴びた俺は、〝一連の出来事は全部夢なのでは？〟と思い始めていた。

（いやいやいや……）

夢で片付けちゃダメだろ、あれだけ迷惑をかけておいて……。

濡れた髪をタオルでガサガサ拭きながら、冷蔵庫からペットボトルの水を取り出してソファにどかっと座る。

そういえばメッセージがきてたんだっけか。ローテーブルに置いていたスマホを拾い上げ、水で喉を潤《うるお》しながら確認する。差出人は一昨日の夜にクラブで絡んだ同世代の女子だった。〝今度はふたりで遊びたいな～〟というメッセージのあとに、意味深にこちらを見ている動物のゆるキャラスタンプ。

どんな顔の子だったかなと、朧《おぼろ》げな記憶を引っ張り出して返事の内容を考えようとしたが、ダメだった。文面が何も浮かんでこない。なぜなら俺の頭の中は、あの人のことでいっぱいになっているからだ。結局何も返事を打たないままスマホを放り出した。

記憶にこびりついている。他のことを考えようとしても脳裏にチラつく。あの、彼女が少し動くたびに揺れるグレージュの髪の毛先と、伏せられた目と、形のいい唇。それから、甘くスモーキーな林檎の匂い。

考えるだけで息苦しくなる。心臓が痛いほど早鐘を打って。

初めての感覚に、俺はもう確信していた。

(……まさかあんなところで)

人並みに恋をしてみたい気持ちはずっと持っていた。大学ではサークルに入って人付き合いが増えたし、出会いを求めて合コンにもたくさん参加した。クラブにだってかなり通って、女の子の喜ばせ方もそれなりに覚えた。

だけど。

「……アーッ!!」

顔を両手で覆って天井を仰ぎ、叫ぶ。経験のない感情を抱えきれずに。何かに洗脳されてしまったような気分だ。なんっっなんだよこれは……!

クラブとか合コンに通っていた日々が全部無駄に思えてきた。あんなに時間とバイト代を費やして、それでいい出会いがあったかといえば……。途中からは〝なんか面倒だな〟と思いつつ、友達や先輩が行きたがるので惰性《だせい》でついていくようになってしまっていた。

無駄だったんだ。求めていた出会いは、夜明けに這いつくばるアスファルトの上にあったわけで。どうりでな!　合コン行ってもクラブ行っても恋が見つからないはずだわ!　だってあの人そういうところに行かなさそうだもん!!

「あー……ううっ……可愛《かわい》いッ……」

うわ言のように呻き、ソファの上を転がる。思い出してなおダメージを負う可愛さ。

年上の女の人を好きになるのは初めてだ。……あ、いや、嘘《うそ》。幼稚園の頃は担任の女の先生のことが好きだった。それはノーカンか？

とにかく今、俺の中で年上女性の魅力が猛威《もうい》を振るっていた。あの包容力はなんだ？　大人なのに可愛らしいってなんなんだ？　全身から溢《あふ》れる余裕と、機嫌のいい笑い方。何度思い出しても胸が苦しい。あの笑い方で永遠に転がされてたい……。

その上、胃袋まで掴まれてしまって、完全に絹さんを忘れられなくなっていた。今朝会ったばかりなのにもう会いたい。会って、もっと話がしたい。彼女のことがもっと知りたい。

（……御礼も、しなきゃいけないし……）

あ、ヤバい。ちょうどいい口実を見つけてしまったかもしれない。御礼ね。そうだな、御礼は大事だ。御礼するなら早いに越したことはない！

この時点で、このあとの行動は八割がた決定したも同然だった。

——そうして俺はその日の夜、もう一度あの店を訪ねることにした。朝に店をあとにするときに頭を下げながら、俺は店の表札に書かれている店名をきっちり確認していたのだ。

『BAR《バー》・Silk《シルク》 Forest《フォレスト》』

つまりあの人は、カフェ店員でも夜の蝶でもなく〝バーの従業員〟だということ。

普段行く居酒屋チェーンやクラブとは価格帯が違う。バーに対して漠然《ばくぜん》とそういうイメージを持っていた。なんとなく敷居が高く、大学生がいつものノリで行くのは場違いな場所。

実際ネットで調べてみると、店によるとのことだが基本の価格設定が高めらしい。酒代以外にもチャージ料金が発生するのが一般的だそう。それはいわゆる〝席料〟なのだという。〝お通し〟とはまた違う。客層をコントロールして上質な空間を提供するための料金だとも言われている。

あの店はどんな料金システムなんだろうと検索をかけてみたが、Silk Forestの公式サイトらしきページは見つけられなかった。だから、いくら金欠ではないとは言っても、いつもの財布の中身でふらっと立ち寄るのは少し気が引ける。

俺は入ったばかりのバイト代と今月発生する支出をじっくり見比べ、財布に一万円札を追加した。これだけあればいけるはず。今朝のカレーの代金を支払った上でカクテルを何杯か頼んだとして、会計時に足りないという事態にはならないはずだ。

予算について調べているときに服装に関する記述も見つけた。基本的にカジュアルな服装はOKで、店の雰囲気を壊す奇抜《きばつ》な服装はNGとのこと。そこまで変な服は持っていないが、普段よりはかっちりしていたほうがいいと判断。無難なクルーネックシャツにチノパン。上はテーラードジャケットを羽織ることにした。

「……よし」

緊張しながら店の前に立つ、夕方六時半。今朝俺が倒れていたのは大通りから一本入った道で、よく知らない道だったけど、店の名前を憶えていたお陰でたどりつくことができた。

外はまだほんのり明るさが残っている。早朝と違って人通りも多い。春の少し肌寒い風が吹く中、店を眺めていて感じたのはクッッソお洒落だということだ。……こんなんだったっけ!?

店が雑多に立ち並ぶ中でこの一角だけ雰囲気がヨーロッパ。アイボリーの土壁に、綺麗に手入れされた蔦《つた》とバラが伝っている。それが左右のスポットライトで下から照らされていて、なんだか建物自体がひとつの美術品みたいだ。窓がなく、唯一中の様子を窺《うかが》えるのは重厚なドアについている四角い磨《す》りガラスのみ。そこからちらっと中を覗くと、絹さんの姿は見えなかったが、カウンター席に数名、客の姿が見えた。

(開店してまだ三十分しか経ってないのに……)

先客がいることに更に緊張を募らせつつ、重厚なドアに付いた縦長のステンレス製ハンドルを握る。最初に訪れたときは絹さんに開けてもらったので気付かなかったが、入口の扉はかなり重たい。

そしてひとたび中に足を踏み入れると、広がっていたのは一種の異世界だった。一瞬前の街の雑踏とは明らかに空気が変わった。落とされた照明。ウッド調の内装の温かみのある雰囲気。扉を閉めると外界の音は一切遮断《しゃだん》され、代わりに聞こえるか聞こえないかの絶妙なボリュームの音楽。

今朝とはまるで印象が違う。物や調度品の配置なんかは何も変わっていないのに、初めて訪れた場所のように錯覚する。そしてすぐ、バーらしい音が聞こえてくる。そちらに顔を向けると襟付きの白シャツに黒のベスト、蝶ネクタイ姿の女性が、お馴染《なじ》みの銀の容器を両手で持って立っていた。

その正体に気付いた瞬間、全身が強くさざめいた。――絹さんだ。

彼女は銀の容器を胸の前で構え、〝シャカシャカ〟と音をたてながら斜め上、斜め下へと交互に突き出し、軽やかにシェークしていた。

（うっ……わ）

しばらく気配を消して魅入ってしまうほど、その姿に夢中になる。

結構激しい動きに思えるのに、絹さんはなかなかどうして涼しい顔でいて、それがより彼女の格好よさを引き立てていた。

首から掛けるタイプの背布がない黒ベスト。パリッとしていて華のある白シャツ。下はベストと同様に深い黒色のソムリエエプロン。すらりとしたシャープなシルエットは、それだけでもう最高に格好いいというのに。

シャカシャカとシェークする動きを止めると、絹さんは容器の蓋《ふた》を開けて口を下方へ傾ける。グラスは脚の部分が長くてカップ部分が丸みを帯びた、日常生活ではあまり使わない種類のものだった。注がれた液体は不透明な淡い緑色。上の部分は細かな泡が立って白くなっている。

絹さんはそれをカウンター席にいる黒髪ロングの女性客の前に静かに置いた。

「グラスホッパーです」

あの緑色の酒は〝グラスホッパー〟というらしい。……グラスホッパーってなんだっけ？　なんか聞いたことがあるな。映画のタイトルだったか、本のタイトルだったか。

カウンター席に座っていた女性客は仕事帰りのOLふたり組で、もうひとりのボブカットの女性が「わぁ」と物珍しがる声をあげた。

「色もグラスも可愛い！」

「グラスホッパーはね、〝バッタ〟って意味なんだって」

「バッタ～？　バッタって、虫のバッタ？」

「そう」

バッタか。そういえばそうだったかも。

グラスホッパーを注文した女性のほうには少し知識があるらしい。彼女はグラスの脚の部分を持ち、グラスの中身を小さく回しながらうっとりした顔で話す。

「綺麗な緑でしょ？　ミント・リキュールが入ってて爽やかないい香りがするの。そこに生クリームとカカオ・リキュールが入ってて……」

「え、何それ美味しそう！　ひと口ちょうだい！」

「どうぞ」

ボブが黒髪ロングからグラスを渡され、ひと口。

途端にボブの顔が幸せそうにふにゃっと緩む。

「チョコミントみたい！　甘くて飲みやすくて美味し～♡」

ああ、それは確かに女の子が喜びそうなカクテルだ。女子に限らず、サークルにいるチョコミン党の男も絶対に好きなやつだ。今度教えてやろう。

「こんばんは」

「んがっ！」

いつの間にか絹さんがすぐそばまでやってきていて、俺は情けない声をあげてしまった。慌てて自分の口を手で塞ぐ。初っ端からこれはいただけない。

「あれ？　きみは……」

「あっ……ども」

首の後ろを擦りながら軽く会釈をする。脳内シミュレーションでは第一声で明るく今朝の御礼をするはずが、なんだか途端に気恥ずかしくなって目を合わせられなくなった。〝また来たの？〟と思われてるよな、絶対……。

絹さんからそう言われてしまうくらいなら、いっそ自分から「来ちゃった♡」とか言ったほうがいいだろうか。それくらい軽いノリのほうが後々話しやすいかも……。

うん、そうだ！

意を決して目線を上げると、絹さんがにこっと笑うのが見えた。

あっ、可愛い。

綺麗な微笑に俺が目を奪われている隙に、先手を奪われる。

「こちらへどうぞ」

「あ……」

結果的にたいした会話もできないまま、俺は部屋の中央のカウンター席へ案内された。グラスホッパーを注文したOLふたり組から、ひとり分の席を空けて奥側。促されるままそこに腰掛ける。

「おしぼりです」

「ど……どうも」

……さっきからそれしか言ってないぞ、俺！

熱いおしぼりを受け取りながら〝何か自分から話さないと〟と思うものの、絹さんの新鮮な姿が気になってそっちを見ることに集中してしまう。後ろでしっかりまとめられている髪。パッチリした瞳に、凛々しくて知性的な顔立ち。そのすべてに、バーテンダーの制服が似合いすぎている。

綺麗。格好いい。……ダメだな、語彙力《ごいりょく》がない。

それでも何か言わなくちゃ。

「ぜっ……」

「え？」

「全然今朝と雰囲気違いますね！　別人みたいでびっくりした〜！」

……違うだろ俺！　もっとなんか……なんか、他にあるじゃん！　こんなにドキドキしてるんだから、そこを褒めればいいじゃん！　ストレートに見た目を褒めれば、女子は喜ぶんだし……。

今まで合コンやクラブで獲得してきたスキルが一切活きていないセリフに、自分の中でダメ出しが止まらない。

対して絹さんはきょとんとしていた。「そう?」と可愛く首を傾げて。

「馬締くんも、今朝とは雰囲気が違うね」

「えっ」

「今朝は〝学生さん〟って感じだったけど、今は……大人っぽくて格好いい。そのジャケットもよく似合ってる」

「っ……!」

えっ……なになになに!?

一度にいろんなものを撃ち込まれすぎて混乱した。名前憶えててくれたんだ!? 期待していなかった上に、絹さんから呼ばれるのは初めてで破壊力が大きかった。

更には「大人っぽくて格好いい」という殺し文句。あと〝ジャケットが似合ってる〟って言った? そんなんもう一生このジャケットを着回すわ……。

(落ち着け……)

ほんの短いやりとりで爆上がりしてしまったテンションを、どうにかこうにか抑えつける。悟られてはダメだ。こんなに舞い上がってるなんて知られたら、絶対に〝子どもだな〟と思われる。

俺は嬉《うれ》しい気持ちをぎゅうぎゅうと心の奥底へと押し込み、「でしょ〜!?」とノリよく返す。大丈夫です絹さん。俺、大人のリップサービス理解できます!

キリッと気持ちを切り替えて〝こなれた大学生〟に擬態《ぎたい》する。

「ご注文はお決まりですか？」

「はい。そっちのお姉さんと同じ、グラスホッパーをひとつ」

俺の注文を聞いていた隣のOLふたりが揃《そろ》ってニヤッと嬉しそうにする。黒髪ロングのほうが「真似《まね》されちゃった〜」とおどけて言うので、俺はそれに「美味しそうだなと思ってて！」と同じくおどけて答える。

実は先客がいるのを確認した段階で決めていたのだ。注文を訊かれて優柔不断を発《はっ》揮《き》していたのでは格好がつかないから、「あのお客さんと同じのを」って注文をするって。

絹さんは「かしこまりました」と言ってカウンターの中へ戻っていった。絹さんの接客用の話し方、やっぱりめっちゃいい……。もっと言ってほしい。

もうお気付きのことだと思うが、〝今朝の御礼をしたい〟というのは完全なる建前《たてまえ》だ。朝のあの一件ですっかり絹さんの虜《とりこ》になっていた俺は、なんとびっくり、どうにか彼女と交際できないかと考えた。

〝あれだけ迷惑をかけておいて？〟って思うよな？　俺もそう思いました。あれだけのマイナスからそうそう挽回《ばんかい》できるはずがないし、口説くにしてもちょっと時間を置いて、彼女の中から格好悪い俺の記憶が薄れた頃にすべきだ。俺もそう考えました。

でも無理だった。今日一日びっくりするほど何も手につかなくて。何でもいいから
とにかく行動を起こしたい。そして挙句の果てに、俺はこう考えるようになったのだ。
――強烈に記憶に残っている今こそ、逆にチャンスなのでは!?

注文してから五分後には、さっき目にしたのと同じ緑の酒が目の前に提供されていた。丸みのある脚の長いグラスの中に不透明な淡い緑。上部にはきめ細やかな白い泡の層。

見慣れない形のグラスをぎこちなく持って、グラスホッパーをひと口。

（……あっま）

確かにこれはチョコミントだ。デザートみたいに甘くて口あたりがなめらか。僅かに感じる小さな氷の粒のシャリシャリ感が楽しい。飲み干すと手持ち無沙汰になってしまうので、俺は一杯のグラスホッパーをなるべくゆっくり飲むことにした。

何をするでもなく俺がちびちびグラスに口をつけていたそのとき、ちょうどテーブル席にカクテルを運び終えた絹さんがカウンターの中に戻ってきた。ふと目が合い、微笑みかけられる。

……この人、誰にでもこうなのか？　これ絶対に勘違いする男いるだろ。感じの悪

いバーテンダーもどうかと思うけど、無差別な微笑みは罪深い。現に俺も、漏れなくドキッとしちゃったし……。

「バーにはよく来るんですか？」

──きた！

俺は想定していた質問に対し、嘘っぽくならないようにわざと気の抜けたトーンで答える。

「まあ、たまに？　いっつも居酒屋とかクラブで飲んでばっかだからさ。たまにはこういうお店でしっぽり飲むのもオツかな～、みたいな」

嘘だ。〝たまに〟も何も、こんな本格的なバーに来るのは初めて。〝今晩行く〟と決めてからネットでめちゃくちゃ予習したけど、そんな格好悪いことまで打ち明ける必要はない。ただでさえゲロ吐いて格好悪さＭＡＸの状態からスタートしてるんだから、勘弁してくれ……。

絹さんは曇《くも》りのない目で、俺の言葉を疑いもせず頷く。

「なるほど。今朝あんなに辛い思いをしておいて……」

「ん？」

「またすぐ飲みに来るなんて、馬締くんはよっぽどお酒が好きなのね」

「……ははっ。うん、大好きー」

思わず乾いた笑いが漏れた。

(んなわけねーだろ)

酒なんか当分いらないと思ってたよ。まだ微妙に気持ち悪いし、本当なら今日は一日家に籠もってダラダラと体から酒を抜くはずだった。誰のせいでこんな衝動的に行動したと思ってるんだ。

自分のせいだとは到底思っていない絹さんが、小首を傾げて俺をたしなめる。

「あんまり飲みすぎちゃダメですよ」

うるさい。馬鹿。……可愛い。もう一杯ください。

ゆっくり飲むはずのグラスホッパーを、俺は一瞬で飲み干してしまっていた。

「お次は何にしましょう」

もう一度グラスホッパーでもいいかと思ったが、それだとあまりに芸がないか。実のところ二杯目をどうするかはまったく考えていなかった。

別に酔いたい気分ではないし、特に好きな酒があるわけでもない。そもそも、二十歳になったのも最近で、酒の種類をろくに知らなかった。

「んーと……」

なかなか思い浮かばず俺が考えあぐねていると、正面で控えていた絹さんが提案してくれる。

「具体的なオーダーじゃなくても、だいたいの好みを教えてもらえたら。さっぱりなのか、甘めなのか。アルコールは強めか弱めか。好きなフルーツ。炭酸が苦手かどうか、とか……なんでも言ってください」

「ああ」

そんなオーダーの仕方もアリなのか。それなら俺にも注文できそうだな……と思ったところで、ピンと思いついた。

せっかく絹さんが俺にカクテルを作ってくれるんだから。こういう機会は全部、彼女に俺を意識してもらうきっかけになるように活かさねば。

「〝今の俺が飲むべき酒〟……ってオーダーは、いけますか？」

絹さんは一瞬黙ってじっと俺の顔を見る。それから小さく頷き、感じよく笑って返事をした。「いけます」と。

オーダーを受けてからの絹さんの動きは速かった。背の高いグラスと一本の酒瓶をピックアップすると、彼女は手早くグラスの中に氷を入れた。酒瓶のラベルには〝VODKA〟の文字。

（一体どんな酒を……）

自分で頼んでおいてなんだが、〝今の俺が飲むべき酒〟ってなんだ。好みも何も言わずに全部丸投げのオーダー、普通なら嫌がられるよな……と後から冷静になって思った。絹さんは店と客の関係だから、嫌な顔せず作ってくれるだけかもしれない。

悪いことをしてしまったという気持ちが少し。けれどそれを差し引いてもなお、俺には魅力的な思いつきだった。絹さんが俺のことを考えながら作ってくれる一杯は、どれだけ美味しいだろう。

彼女はどこからか、真ん中の部分がくびれた砂時計のような形状のカップを取り出した。それを指で押さえ持つのではなく、くびれの部分を中指と人差し指で挟んで浮かせている。その持ち方に漠然と〝プロっぽいな～〟と思う。

絹さんはそこに酒瓶の中の透明な液体をゆっくり注いだ。カップの縁ぎりぎりのところでピタッと止めると、手首をくるっと返して中身を静かにグラスの中へ。

(あれで酒の量を計ってんのかな)

続いてオレンジ色の――オレンジジュースだろうか？　今度は砂時計のカップを使うことなく、それを直接グラスの中へ。

八分目まで注ぐと、今度は細く長いスプーンを取り出した。そのスプーンも不思議な形をしていた。絹さんが下に向けているほうの端はスプーンになっているが、もう片方の端はフォークの形。彼女はその柄の中央を中指と薬指で挟むような持ち方をした。他の指は添えるだけ。

逆の手でグラスの底をしっかりとカウンターテーブルに固定し、グラスの縁沿いにそろりとスプーンをグラスの中に沈める。グラスの内側をなぞって円を描く。まるで魔法の儀式かのような、神秘的な所作。

静かすぎて驚いた。グラスも、氷も、スプーンも。音がしそうなものばかりを使っているのに、信じられないくらい音がしない。

（うわ……）

俺は目が離せなかった。主役となるカウンターテーブルの上の酒を照らす明かりの向こう側で、粛々《しゅくしゅく》と、流れるような手捌《てさば》きでカクテルを作る絹さん。寸分の狂いもなく、少しの惑いもない。その姿は言うまでもなく綺麗だ。

見ていて、ちょっと涙が出そうになるくらい。

（……キモいな俺）

自分でもそう思うけどさ。

本当に綺麗だと思ったんだ。

みるみるうちにオレンジジュースは無色透明な酒と混じり合い、上から下まで均一なオレンジになる。

最後に絹さんはグラスにスライスしたオレンジを飾り、黒いマドラーを添えた。

「スクリュー・ドライバーです」

音もたてずに置かれたグラスの中身は不透明なオレンジ色。一見すると、ただのオレンジジュースに見えなくもない。

（スクリュードライバーか……）

名前は飲み屋で見たことがあるな。実際に頼んだことはないけど。

おずおずと手に取り、考える。これが絹さんの考える〝今の俺が飲むべき酒〟？

酒を提供したあとの彼女は姿勢を正して体の前で手を組み、穏やかな微笑を浮かべて説明した。

「スクリュー・ドライバーは、ウォッカをオレンジジュースで割ったお酒」

「ウォッカ……」

ラベルの〝VODKA〟はウォッカと読むらしい。あまり詳しくないものの、ウォッカと聞くと漠然と、強い酒のイメージだけど……。

酒で大失敗したばかりの俺は少し慎重になる。

まだ二杯目だし、多少強い酒を飲んでも平気だろうか。

目の前で絹さんが控えているのに、いつまでも口をつけないわけにもいかない。俺は手にしたグラスを口に近づけ、ゴクッとひと口飲んだ。ガツンと強い酒の味を想像していたが――違った。瑞々《みずみず》しいオレンジの甘酸っぱさが口の中に広がったかと思うと、ほんの少しのほろ苦さが残って、口の中で混ざり合う。

俺は忘れないうちに感想を声に出す。

「クセがなくて飲みやすい……これなら何杯でもいけるかも！」

「そう思って飲みすぎた人がよく潰れるお酒なんだけどね」

「えぇっ……」

ダメじゃん……。一瞬前の自分のコメントが途端にアホっぽくなってしまった。なんでこの酒を俺に出したの……。

「ウォッカは無味無臭だけど、アルコール度数自体は高いの。銘柄にもよるけど平均度数は四十度」

「四十度……！」

「スクリュー・ドライバーはオレンジジュースで割っているぶん、十三度くらいまで落ちるけど」

十三度。それでも、コンビニで売っている缶チューハイが強くても九度くらいだから、かなり高い。俺はグラスの中のスクリュードライバーをまじまじと見た。お前、なかなかやるな。

「まあ、だから、アルコール度数はオレンジジュースとウォッカの割合によるのよ。ただ……ウォッカは透明で、量を増やしても気付かれにくいでしょ？」

「ああ、確かに」

混ぜれば最終的にオレンジになるから、ウォッカが多いか少ないかなんて判別がつかないかも。でもそれが何？

絹さんの解説は続く。

「だからスクリュー・ドライバーは、別名〝レディキラーカクテル〟とも呼ばれています」

「レディキラー？」

「見た目は女性好みの美しさで優しい口当たり。だけどアルコール度数が高く、酔いやすい。言うなれば〝お持ち帰り〟にもってこいのカクテルってこと」

「ははぁ」

「悪用しちゃダメだよ」

言われてみると確かに。クセがなくて飲みやすいと思っていたけど、ちびちび飲んでいるうちにちょっと頭がぼんやりしてきたかも。まだ二杯目なのに。さっきより少しテンションが上がってきている。

絹さんが、説明のためとはいえたくさんしゃべってくれていることも、俺のテンションが上がっている要因のひとつだ。カクテルのことになると饒舌になる絹さん、超可愛い……。

俺はカウンターで頬杖を突き、上目遣いで冗談混じりに絹さんに仕掛ける。

「レディキラーカクテルが〝今の俺が飲むべき酒〟ってことはさ」

「うん？」

「もしかして俺、今夜絹さんにお持ち帰りされちゃう？」

頭の悪い男子大学生よろしく〝調子にのっちゃった〟風を装って。

けれどその実、めちゃくちゃ緊張していた。そっっれはもう緊張していた。心臓がバクバク鳴ってて口から出てくるかと思った。それはもちろん、酒のせいなんかじゃない。

絹さんはしばらくきょとんとしていたかと思うと、ふっと笑って俺から視線をそらす。そしてどうしたかというと……何も言わずに今使った道具をシンクへ運んで洗い始めた。

（ああっ！　完全スルー……!!）

それが一番きちぃです！

なんか言って！　せめて謝らせて!!

（さすがに品がなかったか……）

すぐさま自分の中で反省会を始める。今のは悪手だった。男として意識してもらうために攻めの姿勢は大切だけど、エロ系の冗談は絹さん、好きではないらしい。メモメモ。次からは気をつけよう。

ただ——基本戦略は間違っていないはずだ。俺が狙うべきは〝放っておけない年下の男〟ポジ。絹さんの職業がバーテンダーなことを考えると、店にはきっといろんな男がやってくる。その大半は俺よりも大人で、いろんな遊びを知ってて、話題も豊富なんだろう。

そういう男たちと同じ土俵で闘っても、学生である俺は分が悪い。だから俺がとるべき戦略は一択。大人の男に対抗するにあたって、俺にある武器は若さと勢い。

恐れずいこうぜ馬締！　と自分で自分を奮い立たせた。

「そういえば」

と、さっき俺のアピールを華麗《かれい》に無視した絹さんが、少し離れたシンクで洗い物を

しながら話しかけてきた。カウンターにいたOLのふたりはさっき帰っていったので、

今カウンター席にいるのは俺ひとり。

顔を向けると絹さんが、声のトーンは落としたまま言う。俺の手元のスクリュード

ライバーを控えめに指さして。テーブル席のお客さんの注意を引かないように気をつ

けているみたいだった。

「酔いやすいけど、ウォッカは蒸留酒《じょうりゅうしゅ》だから。二日酔いになりやすい成分のメタ

ノールが含まれてないぶん、適量を守れば翌日に残らないんだ」

「はあ」

「そういうお酒をいろいろ試してみたらどうかな」

「え？」

「お酒はいいものよ。気持ちをとろりとリラックスさせてくれて、人を陽気にしたりする。アルコールが入ると普段できない話ができたりするでしょう？」

言われてみれば確かに、思い当たることがいくつかある。漠然と〝苦手だ〟と思っていた奴が、サシ飲みすると〝意外と気が合うな〟と思ったり。

いつも底抜けに明るい奴も、酒が入るとまた別の顔を見せて、〝意外なことに悩んでるんだな〟と発見があったり。

「でもそういう楽しい時間も、記憶が飛ぶほど飲んだら忘れてしまうから。あんな風に翌朝酔い潰れてたんじゃ、せっかく友達と話した内容もよく思い出せないじゃない」

「うっ……」

耳が痛い話だ。今朝アスファルトの上に這いつくばっていた俺は、昨日の夜のことなどまるで憶えていなかった。

でも、きっとあったはずなんだ。酔っぱらって馬鹿騒ぎをしている中でも、誰かが本音で語った言葉や、心を通わせるためのやりとりが。どこかには。

「その場の会話や空気をきちんと記憶にとどめて楽しく夜を過ごすには、スクリュー・ドライバーくらいのお酒がちょうどいい。――と思って、馬締くんに出してみたのでした～」

「……なるほど」

あらためて手の中のグラスの中身を見る。オレンジ色の中を氷がゆらゆら揺れる。言葉尻こそ軽かったが、絹さんは思っていた以上に真剣に〝今の俺が飲むべき酒〟を考えてくれていた。なんだかくすぐったくて、同時に、言われたことがストンと心に落ちる。

俺はちびちびとスクリュードライバーを飲んだ。

（……うま）

甘みと苦みが混在しているせいか、飲んでいて飽きがこない。

絹さんはすぐ別の客に呼ばれてカウンターの外へと出ていく。凛《りん》とした立ち姿。注文を取っているだけなのに、それだけの動作すら、彼女がやると特別なことのように思えた。

夕食前の空きっ腹で酒を飲んだこともあり、既に自分がほろ酔いだという自覚はあった。バーで一杯しか飲まないのは失礼にあたるとネットの記事で読んだが、俺はもう二杯飲んでいる。ここでお暇《いとま》しても問題はないが——まだだ。

ここまでの絹さんとの会話でわかったことがある。それは、絹さんにとって俺が

〝たまたま助けた男子〟以上のものではないということ。

俺が店にやってきた理由も〝よっぽどお酒が好きなのね！〟くらいにしか思ってなさげだったし、「お持ち帰りされちゃう？」っていう恋愛系の冗談は完全スルーだった。

（まあ……最初からわかってたけど）

ひと目見たときから俺には高嶺《たかね》の花だった。飛び抜けて美人だし、大人だし。

だけど火が点いた男子大学生の行動力を舐めてはいけない。そう簡単に諦められるものなら、そもそもここには来ていない。それくらい衝撃的なことだったんだ、俺にとっては。今朝の絹さんとの出会いは、今までの夜遊びが霞《かす》むほど、特別だったから。

（どう攻めるかな……）

ただ店に通って酒を飲んで、当たり障りのない会話をしているだけじゃ、絹さんは俺を好きにはならない。

もっとはっきり、わかりやすく、ストレートに好意を示そう。〝お持ち帰り〟とかそんな冗談めいた言葉に逃げずに。

なんならバラでも贈っちゃうか！　花束だと重たい感じになるけど、本数が少なければカジュアルに伝えられるだろう。バラは本数によっても意味が変わるし。これまでの経験で言うなら、小さなブーケで大抵の女の子は喜んでくれた。

（いや……ううん……）

……他の女子に使ったような手はナシだな。なんとなく。

それにバラなんてもちろん今手元にないし、できれば日を改めずに今夜もう少し攻め込みたい。何かないか？　もっとこう……自然な話のきっかけとか。

しばらくカウンターの中の絹さんを観察していた俺は、あることに気付く。さっきからずっと気になっていたのだ。店の中を見回しても他に店員の姿がない。客の案内にはじまり酒作り、フード作り、洗い物、会計までを、絹さんが全部ひとりでこなしている。――これだ。

絹さん攻略の糸口を見つけた俺は、彼女の手がすくタイミングを見計らって話しかけた。

「なんか、大変そう」

ちょうど再び俺の席の近くまで来て、洗い終えたグラスを磨いているところだった。

絹さんは急に話しかけられることにも慣れた様子でにこっと感じよく微笑み、布巾《ふきん》を持つ手でグラスを磨きながら俺に体を向ける。

「大変そうって、私のこと？」

「そうだよ」

「まあ……ラクではないけど」

ぽろっと聞こえた本心に手応え。〝これはいけそう〟と勝機を見出した俺は、この話題を掘ろうと決める。

「さっきからずっと立ちっぱなしじゃん。バーテンダーってやること多くて忙しいんだな」

「よく見てるね」

「うん。ずっと目で追ってたから」

その言葉はジャブのつもりだった。〝お持ち帰り〟よりはもう少し本気な、ちょっと攻めたアピール。

絹さんは照れるか、「冗談言わないで」と言って茶化すか、それとも反応ナシか。内心ドキドキしながらリアクションを待っていると、彼女は眉を八の字に下げて困ったように笑った。

「そう……慌ただしくしないように気をつけてたんだけどなぁ。見抜かれちゃうなんて私もまだまだだね」

「あっ、いや」

そんな風に思わせたかったわけではなくて。

優雅に泳いでいた白鳥が水面下で頑張っていたことを暴いてしまった気まずさ。それから申し訳なさ。余計なことを言ってしまった、と怯《ひる》みそうになったが……違う！

これをチャンスに変えるんだ！

優雅に泳いでいた白鳥が水面下で頑張っていたことに気付けたなら、それを肯定して褒めればいい。〝俺はわかってるよ〟って認めてもらうの、みんな好きだろ。

ここは焦らずに、なんとか俺のペースに持ち込みたいところ。

「……絹さん、ちょっと手ぇ貸して」

「手？」

「うん」

彼女は不思議そうにしながら布巾とグラスをそばに置き、片方の手はカウンターテーブルの上に添え、もう片方の手をこちらに差し伸べてきた。

俺はその手を片手で掴む。ほっそりとした女性らしい手。綺麗に切り揃えられた爪。この繊細な指先が色とりどりのカクテルを作っているんだと思うと、純粋に〝すげぇな〟と思う。

「……馬締くん？」

あ、違った。普通に感心してしまったけど、今の目的はそうじゃない。

今度は絹さんの手をひっくり返して、手のひらを上に向けて見た。やっぱりだ。カクテルを作っているときには気にならなかったけど、こうしてまじまじと見ると彼女の手は少し荒れている。

「これ、痛いでしょ」

手を掴んだままそう尋ねると、絹さんは更に弱った顔になる。

「あー……そうね。もともと肌が強いほうじゃなくて」

「やっぱり水仕事が多い？」

「うん。あとアレかな。仕入れで段ボールをよく触るから、手の水分奪われて乾燥しちゃって」

ここまで絹さんの反応はずっと自然だった。俺に手を掴まれていてもドギマギした様子は一切なく、会話も淀みない。手荒れがバレてちょっとバツが悪い、程度の反応だ。対して俺のほうはといえば、自分から掴んだくせに、なんだか手に変な汗をかいてきた。

（なんでだよ）

その差が無性に悔しくて、ふつふつと闘志が燃えてくる。

絶対に絹さんをドキドキさせてやる。なにがなんでも。

他の客からはふたりの手元が死角になっているのをいいことに、躍起《やっき》になった俺は掴んでいた彼女の手をぎゅっと握った。

「えっ？」

さすがにおかしいと思ったのか、絹さんは反射的に手を引っ込めようとした。しかし俺はその手を離さず、カウンターテーブルの上で指同士を組ませて押さえるように握る。指の股でしっかり絹さんの指を捕まえ、親指の腹で彼女の親指を優しく撫でた。労わるように。

「こんなに華奢《きゃしゃ》な手なのに働かせすぎ」

「馬締くん……？」

「ハンドクリーム使ってる？」

「そりゃあ……事あるごとに塗り込んでるけど」

「バーテンダーってほんとに大変なんだな……。いつもお疲れさま」

あざとすぎるか？　でも、他にないだろう。

しがない大学生の俺にある武器など、若さと勢いくらいなんだし。

絹さんは「ありがとう」と言って、初めて少し照れた笑顔を見せた。

（お？）

これは効果アリなのでは？　ってかやっぱ、笑うと鬼のように可愛いな。

手を握っていることも相まって気持ちが高揚する。

もっといい感じになりたい、と欲が出る。

「どういたしまして」

俺も小さく笑い返して、働き者な手を意味深にニギニギしてみた。これで嫌がられなかったら、それはもう脈アリと判断していいのではないか。

そんな期待を寄せ、カウンターテーブルの上で絹さんの手を握っていると、指の間に振動が伝わってきた。

（ん？）

何かと思ったら、絹さんのほうからもニギニギと握り返してきていた。……これって脈大アリなのでは⁉　ってか期待以上で逆に照れるんですけど……！

落ち着け。ここで照れたら台無しだ。せっかく手を握れたんだから、このボディタッチを通して絹さんに俺が男だとしっかり意識させて……。

「朝も思ったけど、馬締くんって体温高い」

「えっ」

次の一手に移ろうと思っていたところ、しゃべり出した絹さんに気を取られた。

彼女は相変わらず可愛く笑っている。

「基礎体温が高いのかな？」

「あ、ああ……平熱は高いほう、かも？」

「私は低いの。冷え性だから羨ましい。基礎体温高いと病気にもなりにくいよね」

冷え性なのか、と新たに知った情報を頭の中にメモする。

じゃあ〝俺が温めてやる〟系の口説き文句が有効か？　……いや、エロ方向に持っていくのはよそう。またスルーされたら勿体ない……。

俺が迷っている間に、また絹さんが口を開く。

「そういえば」

「なに？」

「朝、私が馬締くんを吐かせようとしたときに口の中に指入れたでしょ？」

「うん……？」

「きみの口の中、めちゃくちゃ熱かったもんなぁ……」

「……はぁっ!?」

言われたことの意味を理解した瞬間、とっさに俺から手を離してしまった。

……なんてこと言うんだ！　信じられない！

完全に油断していた俺は、思い出していた。今朝の強烈な苦しみの中で、俺の口の中に絹さんの指が入ってくるあの感覚を。そうだ。今の今まで俺の指をニギニギしていたほっそりとした指が、俺の舌を撫でていったんだ……。

そんなの〝うわぁ〟ってなるじゃん。もう十数時間も前のことなのに、思い出して腰のあたりがゾクゾクした。別にそういう性癖はないはずなのに。

当の絹さんはといえば、別の客に呼ばれて「はい、ただいま」と機嫌のいい返事をして、澄ました顔で俺の前からいなくなってしまった。言うだけ言っておいて。

（くっそ……）

握られていた指が熱い。思わず口元に当てる。唇も熱い。

指も口の中も、どっちも性感帯みたいに敏感になってしまった気がした。

その日は結局俺の負け越しで店をあとにした。カクテル二杯にチャージ料金込みで合計二五〇〇円ほど。大学生には痛い出費だが、覚悟していたほど馬鹿高くはない。

「……あっ！」

店を出て数十メートルほど歩いてから思い出した。

今朝のカレーの代金、払ってないじゃん！　なんなら御礼もちゃんと言ってねぇ！

「うわ……やったわコレ……」

店に引き返そうかとも思ったが、挨拶もしたあとなので決まりが悪い。それに店もピークタイムなのか混み始めていたし、今戻っても迷惑になるだろう。それに……。

「……いっか。〝また来てね〟って言ってたし」

真に受けたぞ俺は。営業トークだろうけど、真に受けたぞ！

店にとってはいいカモなんだろうなと思いつつ、カモになってやろうじゃねぇかと謎のやる気に満ち溢れていた。〝御礼がまだだ〟という口実までできて、俺は絶対にまたあの店に行くことが確定した。……バイト、増やそうかな……。

「はー……」

細く長く息を吐く。

それと同時に、夜風に吹かれて桜の花びらが舞う。春だなぁ。

絹さんの言ったとおりだった。酒は程よく残っているだけで、帰り道で気分が悪くなることもない。火照《ほて》った頬を夜風がゆっくり冷ましてくれる。心なしか足取りが軽い。鼻歌でも歌いたいような、そんな愉快な夜。

そういえば、と俺はズボンのポケットからスマホを取り出し、さっき絹さんが作ってくれた酒について調べてみる。スクリュードライバー。検索するとすぐに複数のレシピがあがってきた。

「……自分でも作れんのかな」

あの人が作ったものとまったく同じにとはいかないだろう。でもそれに似たものなら、材料と道具さえあれば、俺にも作れるのではないか。

絹さんが俺のことを考えながら作ってくれた一杯。それだけで、スクリュードライバーは俺にとって特別な酒になった。クセのないウォッカと、甘酸っぱいオレンジジュース。自分でも作れるようになりたい。

調べてみれば、スクリュードライバーに限っては特別な道具も必要なく、材料もすぐ手に入る。〝よしよし〟と満足していると、ふと同じページの中で〝酒言葉〟という字が目に入った。スクロールする指を止める。

（……酒言葉か）

花言葉みたいに、カクテルにもそれぞれあるものなのか。それは面白いな。

スクリュードライバーの酒言葉はなんだろう。

軽い気持ちで画面をスクロールする。

そして俺は、硬直した。


「……〝あなたに心を奪われた〟」


読み上げてから、しばらく恥ずかしくなってしまった。

まさか絹さんがそんなメッセージを込めて俺にスクリュードライバーを作ってくれたとは、もちろん、一ミリも思っていない。そんな恥ずかしい勘違いはしていない。ここまでの俺に絹さんの心を奪える要素はどこにもなかった。

心を奪われたのは間違いなく俺のほうだ。酒に酔ってグロッキー状態だったところを優しくされて、もうちょっと関わりたいなと思って。さっきバーテンダーをしている姿を見て、もう後戻りできない気持ちになった。

あの店と絹さんを知らなかった頃の自分には、きっともう戻れない。

「……悪くはないか」

スマホをズボンのポケットに戻す。俺はワクワクしていた。これは無理めの恋かもしれないけど、こんなワクワクは初めてだった。

騒がしい合コンやクラブより、もっと楽しい夜があるかもしれない。

――絹さんの耳が真っ赤になっていたことを、このときの俺はまだ知らない。

二杯目　動き出したコロネーション

「じゃあ俺が飲んだスクリュードライバーは、〝ロング・ドリンク〟になるわけだ」

そう言って馬締くんはグラスを自分の目の高さまで持ち上げ、顔の横に持ってきた。

彼は髪色が明るいから、ビタミンカラーのオレンジがよく似合う。

私が勧めておいてなんだけど、スクリュー・ドライバーは私・篠森絹の中では、完全に彼のイメージドリンクになっていた。

スクリュー・ドライバーと顔を並べている馬締くんに説明する。

「そう。グラスに氷を入れて長時間冷たさを保つからゆっくり飲めるよ。逆に、前飲んだグラスホッパーみたいな、脚付きのグラスに注ぐカクテルには氷が入ってなかったでしょ？」

「うん。入ってなかった」

「そのぶん時間が経つとぬるくなっちゃうから、あんまり時間をかけずに飲む想定のお酒で、そういうのは〝ショート・ドリンク〟に分類されるってわけ」

自分くらいの年齢と経歴でカクテルを語ってしまうと失礼にあたりそうで、普段はあまり自分からこの手の説明をしない。

ただ、こと馬締くんに対しては口からするすると言葉が出てきてしまう。彼が嘘みたいに純粋な目を向けて、興味深そうに質問してきてくれるから。

「じゃあアレは？　銀の容器をシャカシャカ振るやつ。アレは何のためにやるの？」

見た目が格好いいから？」

「そんなわけないでしょ……」

そんな風に思われていたのかと心外で、ついあきれたトーンの声が出る。馬締くんは顔をしかめて〝違うの？〟と目で尋ねてくる。どこまで素直なの、この子。

馬鹿にされているわけではなく、彼にとっては純粋に疑問なのだと知って私は苦笑した。

あれを格好つけるためだけには、やらないなぁ。大変だもの。

シェークすると空気の細かな気泡が入ってお酒の口当たりがよくなる。ただ、振り方によって気泡の保ちが変わってしまう。お酒をふわっと仕上げるためには手首のスナップを上手に使ってシェークしなければいけないのだけど、これがなかなか難しい。日常生活ではまずしない手首の動かし方をするから、日頃から手首は柔らかくしておかなくちゃならない。

私は馬締くんに説明するため、今洗ったばかりのシェーカーを取り出し、トップとストレーナー、ボディをバラバラにはずして見せる。

「あれは〝シェーク〟っていって、カクテル作りの技法のひとつ。このシェーカーの中に入れて振ることで、混ざりにくい材料同士を混ぜて、冷やして、味をまろやかにする効果があるの」

「ははぁ！」

馬締くんは合点がいった様子で声をあげた。

私は少し戸惑ってしまう。今のって、そんなにテンション上がるところ……？

馬締くんはキラキラした目で私のことを見ていた。

「なっっっるほどね！　〝混ぜながら冷やしてまろやかに〟って、超合理的じゃん！」

（ジジっ！　可愛いっ……!!）

ついニヤけそうになったのを隠すためにバック・バーのほうへ顔を向ける。棚に並べた酒瓶には口をムズムズさせた締まりのないアラサー女の顔が映っていた。私のことだ。

馬締くんの素直な反応が可愛くてたまらない。

というか、大学生にもなってそんなにピュアで大丈夫か？

「絹さん……？」

「なんでもないわ。気にしないで」

先手を打って打ち消して、カウンター越しに馬締くんに向き直る。

先週、早朝に店先で酔い潰れている彼を私が介抱したことをきっかけに、馬締くんはちょこちょこ私のバーに顔を見せてくれるようになった。

最初は失礼ながら〝冷やかしかな？〟と疑う気持ちもあり、〝大学の友達を連れてきてワイワイするようになったら困る～〟なんて懸念もあったのだけど、今日に至るまでそんなことは一切ない。馬締くんが来店するときはいつもおひとり様。そして程よい滞在時間と注文数でサクッと帰っていく、非常に優良なお客様だった。

カクテルについて私に質問するときも、私の手が空いているときを見計らって声をかけてくれる。そういう殊勝《しゅしょう》なところも可愛くて憎めない。

馬締くんはシェーカーを指さして言う。

「〝冷やす〟目的があるって聞いて納得した。絹さんソレ振るとき、手のひらに当たらないように変わった持ち方してるよな」

「本当によく見てるのね……」

心から感心してしまった。馬締くんは本当によく見てる。

シェーカーの持ち方にはポイントがある。中身を冷やすという目的もあるから、手の熱が伝わってしまわないように極力シェーカーに手のひらを密着させないように気をつけている。

でもシェーカーの握り方なんて、普通のお客さんは気にしないと思う。そんなところにまで目を凝らすのなんて、同業者くらいじゃない？　実は同業者なの？

（そうは見えないもんなぁ……）

彼は見た目は今風にシュッとしているものの、中身は少年のような男子大学生だ。

バーでバイトする大学生はいるにはいるだろうけど、もしそうなら馬締くんがしたような初歩的な質問はしないはず。彼がわかってて聞いているとは思えないし。

だけどわからない。

「見てるよ。俺、絹さんのことはすっげー見てる」

(でた)

結構な頻度で、人を口説くようなセリフを口にするものだから。

この間だってそう。急に人の手を握ってきて、慈愛たっぷりの笑顔で「いつもお疲れさま」なんて言ってくるものだから、私は〝これってなんて乙女ゲー？〟と思って照れてしまった。ゲームなら課金待ったナシの破壊力だ。

彼が同業者で、近隣の店舗から送り込まれたスパイだというなら、こうして口説かれる理由にも合点がいく。〝あそこのバーの女店主、若い男の客に手ぇ出したらしいぞ〟とか噂《うわさ》されちゃったりして。怖い怖い！

(なんてね)

馬締くんに限ってそれはないか〜。こんな綺麗な目をした男の子にハニートラップは無理だよね。話を聞いていると彼はまあまあ夜遊びもしているようだから、女性を口説くのは挨拶みたいなものなんだろう。

うん、きっとそう。そう考えたほうがしっくりくる。

ピュアでチャラくて元気な大学生。それが馬締くんだ。

私はそんな彼のおふざけを真に受けないようにして、平常心で大人の対応をするまで。彼の「すっげー見てる」という言葉に明るく「気が抜けないな〜」と返す。

馬締くんは〝そうじゃなくて〟という顔をする。私を照れさせたかったのか、見当違いな反応をされて面白くないみたいだ。

アラサー女をからかうのはやめてほしい。

若者の気まぐれによる熱っぽい言葉をなんとか躱《かわ》せたことにホッとして、さっき洗ったグラスを磨こうと、布巾の上に伏せてあったグラスを手に取る。

そうして油断していたところ、馬締くんはまた別の質問を投げかけてきた。

「絹さんって彼氏いるんスか」

グラスを磨こうとしていた手をピタッと止める。

危ない。今、あやうくグラスを手から滑り落とすところだった。

馬締くんのほうを見る。彼はバーカウンターに頬杖を突いて何気なく、しかし、それにしては真剣な目で私のことを見ていた。

（……えっ）

つい今しがた〝真に受けない！〟〝平常心で大人な対応！〟と自分に言い聞かせたところなのに、質問が質問なだけに内心狼狽《うろた》えた。そんな質問をしようと思った彼の心理を考えてしまう。なんでそんなこと訊くの？

〝まさかほんとに私に気がある……？〟と一瞬考え、またすぐに打ち消す。真に受けすぎでしょ。真に受けるも何も、気があるとはひと言も言われてないけどね!!

ここは、深い意味はなくて〝ただなんとなく訊いてみた〟と考えるのが妥当。

——と、手を止めてから結論を出すまでに五秒。

私は大人の女の余裕を見せるべく、優しく目を細めて彼の質問に答えた。

「いません」

「えっ！」

予想よりも馬締くんのリアクションが大きかったことに驚きつつ、私はこのあとのセリフを淀みなくしゃべることに集中する。

大人の女。私は大人の女。

自己暗示をかけながら。

「……って答えるのが模範解答でしょうね。実際に彼氏がいるかどうかに関係なく」

「えっ……」

「〝彼氏がいる〟って言うとあからさまにテンションが下がってしまうお客様も中に

はいらっしゃるから。職業柄〝いません〟って答えるのが無難かなぁって」

いいぞいいぞ。大人の女っぽいぞ！　と自分の切り返しを自画自賛。

馬締くんは混乱している。彼の眉間に皺《しわ》が寄っていくのを見ると、手に取るようにわかった。結局私は「いる」とも「いない」とも言っていないから、無理もない。

彼はしばらく私の言葉を頭の中で咀嚼して、答えになっていないことに気付いて、バーカウンターから少し身を乗り出し、前のめりに尋ねてくる。

「結局どっち？」

急に間近にやってきた顔に私は少したじろいだ。

だから、どうしてそうまっすぐな目で訊いてくるの……！

本気で迫られていると錯覚してしまいそうになるから、やめてほしい。馬締くんがなまじイケメンなだけに、顔を近づけられるとドキドキする。こんなの不可抗力だ。

ここで「いない」って答えたって「じゃあ俺たち付き合おう」とはならないでしょ？　知ってる～！　心を乱すだけ損だって、ちゃんとわかってますよ。何しろ私、アラサー女ですから！　弁《わきま》えてる！

――と、顔が近づいてから頭の中で思考すること三秒。

私は〝大人の女ならこう答えるであろう〟という答えを見つけて、それに似合う微笑を作って答えた。

「秘密です」

悪戯《いたずら》っぽく、ミステリアスに。彼氏がいるかどうかはご想像にお任せ。

私が「彼氏がいる」と言ったら言ったで、どうせ「ラブラブなんでしょ～？」とか

「どんな人どんな人？」とか馬締くんにいじられるのがオチだもの。……まあ、実際

のところ彼氏なんていないけれども。

馬締くんのリアクションは、今度は予想よりも小さかった。

てっきり「秘密ー⁉」と怒られるかと思っていたのに、彼は手元のグラスに視線を

落として、興味なさそうに「ふーん」と。

（あ、そうですか……）

ほんとに〝なんとなく訊いてみただけ〟だったのね……。

正直に答えたりしなくてよかった、と胸を撫で下ろす一方で、何とも言えず虚《むな》しい

気持ちに襲われる。馬締くんにとってはその程度の興味関心なんだと。社交辞令の質

問だってわかっていたはずなのに、何を期待していたのだか。やだなぁ。

「絹さん」

「うん？」

「もう一杯注文していい？」

「もちろん。どんなのが飲みたい？」

「任せる。絹さんのオススメが飲みたい」

またそんな口説くような言い方して……と苦い気持ちになったけど、違うか。馬締くんの言葉に深い意味なんてなくて、モーションをかけられていると感じる私のほうに問題があるのか……。

思えば初めて店に来てくれたときも、馬締くんのオーダーはお任せだった。正確には〝今の俺が飲むべき酒〟っていう注文だったけど、あれもなかなかの難題だったなぁ。

結果的に彼は私が出したスクリュー・ドライバーを気に入ってくれて、リピートして飲んでくれているけれど、本当はもう少しオーダー時に情報が欲しい。

（まあ、やれと言われればやるんですけどね……何がいいかな）

これまで店で彼が飲んできたカクテルを思い出す。グラスホッパーにスクリュー・ドライバー、ソルティ・ドッグ、モヒート、カンパリ・ソーダ……。

こうして見るとスタンダードなものが多かったから、定番から少しはずれたカクテルを出してみてもいいかもしれない。

これまでの会話から、苦手な果物は特にないという話だった。アレルギーもなし。今日も時間帯的に夕飯前に来ているだろうから、食前酒《しょくぜんしゅ》がいいかな。

それでもまだまだ、数多あるカクテルの中から一杯に絞るには要素が足りない。馬締くんから特段のリクエストがない限り、あとは〝私が彼に何を飲んでほしいか〟で決めることになる。

（馬締くんに飲んでほしいお酒……）

ふと、あるカクテルが頭に思い浮かんだ。

あれを作るのに必要なお酒をピックアップする。ドライ・シェリーにドライ・ベルモット。あと隠し味のオレンジ・ビターズとマラスキーノ。

「もう決まったんだ？」

「うん」

「なんてお酒？」

「見てのお楽しみ。ちょっと待ってて」

彼氏がいるかいないか問題で一度私から離れていってしまった馬締くんの興味が、再びこちらに戻ってくる。厳密には今の彼の興味は私が作るカクテルに移っているのだけど。

それでも、いい。彼の純粋でまっすぐな眼差しを一手に引き受けるのは、なぜだかすごく気分がいい。

ビーカーのような形をしたガラス製のミキシング・グラスの中に、直径三～四センチほどの氷を六分目まで入れる。そこに水を注いでバー・スプーンで軽く掻《か》き混ぜる。

そこで馬締くんから質問が出る。

「それ。酒を入れる前によくやってるけど、今入れた水はすぐ捨てるんでしょ？　なんか意味あんの？」

「あるよ。氷の表面には細かい氷の粒がたくさんついてるの。それが溶けるとカクテルが薄まってしまうから、先に水で洗っておく。水っぽいカクテルなんて嫌でしょ？」

「なるほどー……」

興味深そうに私の手元を見つめる馬締くんの、目が好きだ。

この目に晒されると、私はこれから得意のマジックを披露するかのようにワクワクしてきて、最高の一杯を作ろうとやる気に満ち溢れてくる。

会話をしながらもカクテルを作る手は止めてはいけない。

不要な水を捨てたあと、ミキシング・グラスの上からストレーナーをはずして材料を入れていく。

「それはなんのお酒？」

「シェリー」

「名前は聞いたことある」

「ワインの一種よ。〝酒精《しゆせい》強化ワイン〟っていうちょっと特殊なワインで、アルコール度数の高い蒸留酒を加えて普通のワインよりも度数高めに造られてる」

「へぇ……」

今回使うのはイタリア生まれの辛口ドライ・シェリー。メジャー・カップに薄い金色のお酒をゆっくり注いで正確に計り、手首を返して中身をグラスの中へ。シャープな香りに、僅かにアーモンドを思わせる匂い。

「続いてベルモット。これもワインの一種」

「それも酒精強化ワイン？」

「ううん、こっちはフレーバードワイン」

「何それ？」

「ワインにスパイスやハーブの蒸留酒を加えたり、フルーツや甘味料を加えたりして風味付けをした、香りの強いワインのことをそう呼ぶの」

ベルモットは白ワインにヨモギなどの香草やナツメグなどのスパイスを配合したお酒だ。今回は中でもフランス生まれで辛口のドライ・ベルモットを使う。こちらは二十種類以上のハーブを漬け込んでいることから、薫り高く芳醇。

さっきと同様にメジャー・カップで計ってグラスに注ぐ。鼻がスッキリする。

「〝酒精強化ワイン〟と〝フレーバードワイン〟ね！　覚えた！　それを混ぜて完成？」

「まだ。隠し味があります」

せっかちな馬締くんの言葉に笑ってしまいそうなのを堪《こら》え、そばに用意してあったオレンジ・ビターズのミニボトルを手に持つ。キャップを開け、ボトルのネック部分を掴み、逆さにして振り下げると中身が〝ピュッ！〟と勢いよくグラスの中に飛び出す。オレンジ・ビターズの分量は２ダッシュだから、これを二回。

「わっ……めっちゃオレンジの匂いするね」

「そうでしょう？」

ビターズは名前のとおりビターな香味で、〝苦味酒〟とも呼ばれている。

オレンジ・ビターズはオレンジの果皮《かひ》とハーブのエキスが配合されていて、鮮烈な柑橘《かんきつ》系の風味が特徴。少量を加えることで香りが多層的になって、深い味わいを作り出してくれる。カクテルの名脇役だ。

そして、隠し味はもうひとつある。

リキュールのマラスキーノも１ダッシュ入れる。

「ん……今度はすごい華やかな匂い」

「馬締くんは鼻が利くね。これはマラスキーノっていうリキュールで、チェリーが原料の――」

「チェリー……」

馬締くんの表情が〝うっ〟と曇る。

……あれ？　もしかして私、失敗した？

「ごめん、もしかしてサクランボは苦手だった？　違うのにしようか？」

「いや、違う大丈夫。続けて」

「そう？」

なんでチェリーという単語に露骨《ろこつ》に反応したのか。

よくわからないまま私は、仕上げに移る。材料はこれですべて。

氷の入ったミキシング・グラスの中にすべてが揃った。

「これで全部」

私は中の氷を傷つけないようにそっとバー・スプーンをミキシング・グラスの中へ入れる。スプーンの背の部分をグラスの内側に沿わせ、材料と氷が一緒に回転するように静かにステアする。ステアは〝混ぜる〟という意味。〝シェーク〟と並んでカクテル作りの技法のひとつだ。

さっきまでひとつの手順ごとに質問を挟んできた馬締くんなのに、ステアの最中は息を飲んで私の手元を見つめていた。ここが大事なパートだとわかっているかのように。実際私はシェークよりもステアのほうが難しいと思う。その分たくさん練習した。

すっとなめらかにバー・スプーンを抜き取り、もう一度ミキシング・グラスの上にストレーナーを被せて蓋をする。ストレーナーが落ちないように柄の部分を人差し指で押さえ、ミキシング・グラスの中身を冷やしておいたカクテル・グラスの中へ注ぐ。

完成したゴールドのカクテルをコースターの上に載せ、彼の目の前に差し出す。

「きれー……」

バーカウンターに伏せていた馬締くんはそのカクテルを下から仰ぎ見て、ぽつりと感想をこぼした。金色のカクテルが映り込んで、彼の目もキラキラと光っている。

「コロネーションです」

「初めて聞く名前のカクテルだ……」

「これまでのお酒は居酒屋のメニューにもあったかもしれないけど、さすがにコロネーションを出してるところはそうないんじゃないかな」

これまで馬締くんに出したお酒がメジャーなものが多かったから、ここはひとつ〝バーでしか飲めないようなお酒を〟と思ってコロネーションを選んでみた。

「意味は〝戴冠式〟」

「たいかんしき？」

「皇族や王室が即位するときの儀式のことよ。ヨーロッパではいろんな国で、戴冠式が執り行われるたびにコロネーションの新しいレシピを考えるんですって」

「へぇ……なんか、こんな大学生が飲んでいいのかって気持ちになるね……」

そう言いながら、馬締くんはそっとコロネーションのグラスに口をつけた。すらっとした体には不似合いなほど武骨な喉ぼとけが、カクテルを飲み込むのに合わせてゴロゴロと大きく動く。

白状《はくじょう》すると、私は馬締くんがカクテルを飲むときの隆起《りゅうき》する喉ぼとけをよく観察している。たぶんそういうフェチなのだ。あどけなさもまだ残る顔に、この野性的で男らしい喉ぼとけのギャップは正直しんどい。変態だと思われるから絶対に言えないけど！

私はカウンター内の照明が暗いのをいいことに、邪《よこしま》な気持ちを完全に隠して馬締くんの反応を待った。

「っあ……すっごい……おとなっ……いや、高級な味がする……！」

馬締くんはなぜか〝大人な味〟を〝高級な味〟に言いなおし、グラスの中のコロネーションを見た。反応はまずまず。辛口だからどうかな？　と探り探りで出したものの、すっきりとした口当たりだからか大丈夫だったみたいだ。これがいけるなら今後出せるカクテルの幅も広がるな〜。憶えておこう。

よしよしと心の中で自分を労《ねぎら》いながら、使った道具を洗おうとして——ふと手を止める。

（違うでしょ、私）

馬締くんへのオススメの一杯にコロネーションを選んだのには、〝なんとなく〟と見せかけて本当はちゃんと理由があったはずだ。

だって〝バーでしか飲めないようなお酒〟なんて他にも星の数ほどあるもの。同じドライ・ベルモットを使うならカクテルの王様といわれる〝マティーニ〟だって作ることができたし、ドライ・シェリーはそのままにベルモットをスイートに変えて、飲みやすい〝アドニス〟にすることもできた（ちなみにアドニスには〝美少年〟という意味があります……他意はない）。

だけど私は、あえて〝コロネーション〟を選んだ。すっきり辛口で確かに美味しいけど、オススメを問われたこのシチュエーションで出すカクテルとしては〝なぜコロネーション？〟って感じだと思う。

私がこのカクテルを選んだのは、深層心理で酒言葉を思い浮かべていたから。その酒言葉を私の本心とするなら、私は馬締くんに訊かなくちゃいけないことがある。

（さらっと訊いてしまえばいいのよ、こんなこと）

さっき馬締くんからもプライベートについて質問されたんだから、逆に訊いてみたっていいはずだ。答えてくれるかどうかは別として。だって気になっちゃったんだもん。自分は一度気になり出したら尾を引くタイプだと知っているから、なおさら。

ここで確認しなかったら夜眠れなくなるかも……。私はそういう女だ。

馬締くんがコロネーションを味わうことに集中しているのを確認して、私はひそかに深呼吸をする。彼がカクテルを飲み、グラスから口を離したタイミングで質問をしよう。

——そこまで決めていたのに、馬締くんがグラスから口を離した瞬間、私が口を開くのと同時に彼が先手を打った。

「絹さんは」

「ぁ、っ……」

〝馬締くんは〟と言おうとして半端に開いていた私の口が空回る。

彼はそれに気付き、目線をこちらに向けた。

「あ、ごめん。何か話そうとしてた？」

「や、ううん！　たいしたことじゃないの！」

「そう？」

「うん。それより、どうかした？」

ここで彼の話題を遮って〝私の話を聞け！〟なんて言えるはずもない。それはいい大人のすることじゃない。私は手で〝どーぞどーぞ〟とジェスチャーして馬締くんに先にしゃべるよう促した。

「俺も、ただ気になっただけなんだけど」

「うん？　なぁに？」

「絹さんっていつからバーテンダーしてんの？」

「えーと……六年くらい前、かな？」

この手の質問は、年齢がバレるんじゃないかといつもドキドキしてしまう。サバを読んでも仕方がないし、隠す気もないのだけど……。

馬締くんは私の顔をじーっと見ながら。

「思ったより最近だ」

……その感想はどう受け止めればいいんだろう。もっとキャリアが長くてそれなりの年齢に見えたということなのか、バーテンダーとして貫禄《かんろく》があると思ってくれたのか……。

馬締くんは自由だ。物怖じしないというか、躊躇いがないというか。今時の子はみんなそうなのか、興味に従って思いついたことをなんでも尋ねてくる。

「バーテンダーになる前は何してた？　学校卒業してそのまま修行？　それとも他の仕事もしてたの？」

この若さと勢いが、私は羨ましい。

彼みたいになんでもずけずけと訊ければいいのに、大人の見栄とバーテンダーの矜《きょう》持《じ》がそれを邪魔する。こんな若い子相手に興味を持つこと自体が恥ずかしいって、心のどこかで思っている。

私ばっかりプロフィールを暴かれていくのがなんとなく不公平に思えて、私は大人げなく、さっきと同じセリフを口にした。

「秘密です」

「またそれかーい」

彼氏がいるのかと訊かれたときと同じ濁《にご》し方をすると、今度はノリよく突っ込まれた。さっきは興味なさげに「ふーん」と言われてちょっと寂しかったから、それに比べれば全然いい。

楽しい雰囲気で会話は続く。私は機嫌よくカクテルの道具を洗っていく。

「絹さん、その〝秘密です〟っていうの口癖？」

「そんなことはないけど」

「ちょくちょく挟んでくるじゃん」

「謎が多いほうが、気になって会いに来てくれるでしょう？」

「えっ」

あっ。

何気なく言ったつもりの言葉だったけど、意味深に響いたような気がした。どうだろう。〝もっとたくさん会いに来て〟って言ってるように聞こえてしまった？

なんだか気恥ずかしくなって馬締くんのほうを見れない。私の経歴なんて、ほんとは秘密にするほどのものじゃない。それなのに。

数秒の間、沈黙が続いた。「えっ」と少し驚いていた馬締くんがその後どういう反応をするかがさっぱり読めず、私は緊張しながら彼の次の出方を待っていた。

そしたら彼は言ったのだ。

顔をくしゃっとさせて爽やかに笑い、あっけらかんと。

「絹さんヤバ！　超悪い女じゃん！」

幸いにも、彼には〝もっとたくさん会いに来て〟という意味には聞こえなかったみたいだ。

「……ふふっ、でしょ〜？」

大人の女のジョークに聞こえていたならよかった。

それにしても、〝超悪い女〟か……。

(私がほんとに悪い女なら、もっと馬締くんを魅了できたのかなぁ)

どうして年の離れた馬締くんにこんなにかかずらっているかというと、彼との出会い方がいけなかった。繰り返すが、先週、私は早朝に店先で酔い潰れている馬締くんを介抱した。

アスファルトの上でひっくり返っている彼を見つけたとき、ほんとのところ声をかけるべきかどうか逡巡《しゅんじゅん》した。昼間ならいざ知らず、早朝の人通りがない中で、女ひとりで男の人の相手をするのは不安だ。しかも相手は酔っている。急に殴りかかってこられでもしたら無傷では済まない。

それでも明らかに呼吸がおかしかったから、〝軒先で死なれては困る〟と思っておそるおそる彼に近づいた。近づいて、顔を覗き込んでみると、想像よりもあどけない顔立ちの男の子が苦しそうにしていた。服装と合わせて推察するに、大学生。

その時点でもまだ私の警戒心は解けなかった。なぜなら大学生にはあまり良い印象がない。つい数カ月前に、他のお客様の迷惑を顧《かえり》みずに騒ぐ大学生グループを出禁《できん》にしたところ、逆恨みされてしばらく嫌がらせを受けていた。

変に関わって因縁をつけられるのは嫌。でも、私の店の前で死なれても困る……。あのときの私は善意でもなんでもなく、後ろ向きな選択に迫られた末に彼を起こすことに決めた。その時点ではまだ馬締くんの印象は最悪だった。〝こんなに潰れるほど飲むなんてどうせろくな奴じゃない！〟とか。今風でモテそうな彼の風貌から、〝パリピ意味わかんない怖い！〟とか、思っていた。

彼の印象がひっくり返ったのは、私が「吐いていいよ」と言ったときの彼の反応が意外なものだったから。馬締くんは明らかに具合が悪くて余裕などなさそうだったのに、〝こんな軒先で迷惑だから〟と吐くのを我慢し、良識のある態度をとって見せた。

なんだ、案外普通にいい子なのかも？　と私は思った。

殊勝な態度をとられると、毒気を抜かれ、優しくせざるを得なくなる。

私は〝私の店の前だからいいよ〟と彼に吐くことを許可した。それでも馬締くんは吐かなかった。――そこで!!

私の心を鷲掴《わしづか》みにする大事件が起きた。

馬締くんは生まれたての小鹿のように頼りなくおぼつかない動きで私の腕に掴まり、上体を起こしながら――子どもみたいに顔をくしゃくしゃにして、こう叫んだ。

〝吐けないっ……！〟

〝俺っ……吐いたことがなくて。どうやって吐けばいいのか、全然っ……〟

私の母性が満開になった瞬間である。

ここでひとつお願いがあります。このあとの話は、どうかヒかずに聞いてほしい。

私にとっては未知の生物だったパリピっぽい男子大学生が、涙と鼻水で顔をぐしゃぐしゃにしながら「吐き方がわからない！」と私にすがってきたのです。……これって萌えませんか？　萌えますすよね？　別に私、異常じゃないですよね……？

こう言ってはなんだけど、私は別に面倒見のいいタイプじゃない。学生時代も後輩より先輩に好かれるタイプだったし、なんなら後輩からは〝近寄りがたくて怖い〟って言われていた。それに私は、男の人を〝可愛い♡〟と愛《め》でるタイプでもなかった。

それなのに、あのときの完全無防備な馬締くんだけはなぜか私にクリーンヒットしてしまった。〝なんだこの可愛い生き物は……！〟と衝撃を受けた。

——その結果、私は彼の口の中に指を突っ込んで吐かせ、吐瀉物《としゃぶつ》の掃除までして、カレーまで振る舞ってあげるというハイパーお節介なお姉さんになった。カレーなんてもはや餌付《えづ》け。可愛い雛鳥《ひなどり》にご飯をあげたい欲求を、〝親切心〟というオブラートに包んで無理やり押し付けた。

あのときの私の脳内、確実に変なドーパミンが出てた。

これまで何度も酔っ払いの相手をしてきた。

絡まれて困ったことも、一度や二度じゃない。

嫌な目に遭うこともしばしばある中で、馬締くんとの遭遇は私へのご褒美みたいなものだったのかな……と。独立してからがむしゃらに頑張って店を営業してきた私に、バーの神様が一瞬の癒しとときめきを運んでくれたのね……と。疲労が溜まっていたアラサー女は、そういう風に捉えたのでした。一瞬の癒しとときめきであったはずの馬締くんは、そところがどっこい、である。

その日のうちにまた私の店を訪れた。

早すぎる再会に戸惑う気持ちと、〝あんな泣き顔を晒しておいてよくもう一度来る気になったな～〟と感心する気持ちと。そして何より、あれっきりで終わりじゃなかったことが嬉しい気持ち。

別に、馬締くんとどうにかなりたいというわけでは、ない、けれど……。

「マスター」

呼びかけられてハッとする。

いけないいけない。営業中に考え事なんて言語道断。こんなんじゃ師匠に叱られてしまうわ。バーテンダーは常にお客様と、心地よく過ごせる空間作りに気を配ってないといけない。

シンクの水を止め、手を拭いてお客様の元へ。私の店のカウンターは全部で八席。私を呼んだお客様・柳井《やない》さんには、入口から見て一番奥の席に座ってもらっていた。

「お待たせしました」

「バナナのリキュールって今置いてる？」

「置いてますよ」

柳井さんはこの近くの出版社に勤めていて、毎週水曜日か木曜日の夕方、もしくは深夜残業後に来店される。同僚の方か取引先の方とご一緒のことが多いけど、たまにひとりでも飲みに来てくださる。オープン時からの常連さんだ。

トレードマークは艶《つや》やかなロングの黒髪と、いつも趣向が凝らされているネイル。楽しそうに笑って頬杖を突く手の指先には、春色のピンクの上を踊る黒猫が描かれている。

「じゃあ〝クール・バナナ〟が飲みたいな～♡」

「かしこまりました」

柳井さんはもっぱらクリーム系のカクテルが好きだ。彼女が「いつもの」と言ったら、それはミント・リキュールとカカオ・リキュールと生クリームを混ぜた〝グラスホッパー〟のことを指す。

今注文された〝クール・バナナ〟も、生クリームを使ったカクテルのひとつ。バナナのリキュールとホワイト・キュラソー、生クリーム、卵白を、氷と一緒にシェークする。カクテル・グラスに注いで縁にマラスキーノ・チェリーを飾れば、バナナの香りがたっぷり詰まった、デザート感覚の甘い一杯ができる。

(一緒にバニラアイスのバナナ・リキュールがけを出してもいいかも……)

そんなことを考えながら、私は早速カクテル作りに取り掛かろうとした。

しかしそれを止めるように柳井さんが、ヒョイヒョイと私を手招きする。

「どうかされましたか?」

その場に留まって尋ねると、柳井さんは私に向かって更に手招きをしてきた。

〝もっとこっちに来て〟ということらしい。

私は彼女のジェスチャーに従い、バーカウンターから少し身を乗り出して顔を近づける。柳井さんからは化粧品のほのかないい香りがした。

彼女はこそっと私に耳打ちする。

「マスターの経歴って秘密だったかしら?」

「え?」

「私が前に訊いたときはあなた、超あっさり教えてくれた気がするんだけど〜」

「あ……」

まずい。馬締くんとのさっきの会話、聞かれていた……!

サッと青褪める私に対して、柳井さんはキリッと真面目な顔を作る。

そして抑えた声のまま、さっき私が放った、大人の女〝風味〟のセリフを真似してくる。

「〝謎が多いほうが、気になって会いに来てくれるでしょう？〟」

「っ……！」

「もぉ～聞いててこっちがドキドキしてきちゃった！　なんか先週よりもあの若者と距離近くない？　なんでなんで⁉」

「ちょっ……柳井さん！　声が大きいですっ」

実際は柳井さんはきちんと声を抑えていたのでたいした声量ではなかった。ただ私は恥ずかしいのと、絶対に馬締くんに聞かれてはならないという気持ちで焦る。

パッと彼のほうを見た。馬締くんは入口から一番近い席に座っていて、柳井さんと私がいる場所からはかなり離れている。私たちの会話を気にしている様子はなく、私がさっき作ったコロネーションをちょっとずつ飲んでいるところだった。

セーフ……！

「やだ、珍しい。マスターが赤くなっちゃって」

「からかうのやめてくださいよ……」

私がこの店を立ち上げたときから通ってくださっている柳井さんとは、もう一年近く毎週顔を合わせている。頻繁に顔を合わせていると打ち解けてきて、もちろん今でも彼女は大事なお客様なのだけど、同時に私の〝姉御〟的な存在になっていた。

年齢が近いというのも理由のひとつだと思う。三十代を謳歌《おうか》している彼女の恋と仕事の話は、聞いていてとても楽しい。店にふたりきりだと仕事中だということを忘れて聞き入ってしまいそうなほど。

柳井さんは他のお客様とは違ったニュアンスで、愛称のように私のことを「マスター」と呼ぶ。そして何かにつけて、「最近どう？　いい人いないの？」と人の恋愛を気にしてくる。私たちはそういう間柄だ。

「美しいバーメイドと、彼女の店に通う男子大学生の禁断ラブ……！　続きはよ！」

「そんなんじゃないですってば」

わざとらしいほど大げさに盛り立てられて、恥ずかしいやら頭が痛いやら。

〝続きはよ〟じゃないですよ。続きなんてありはしません。

私はため息をつき、渋々柳井さんに説明する。

「彼、いくつだと思います？」

「え？　えーと、大学生って言ってたから……」

「二十歳です」

「えっ」

「お酒も最近飲めるようになったばかりなんですよ。私とは十歳近くも違う」

そう、十歳近くも。……あらためて、馬締くん若いな～……。

すると柳井さんは衝撃を受けた顔で。

「私とは十五歳近く違う……！」

「……柳井さんの話はしていません」

「あはっ」

こういう応酬《おうしゅう》が許される貴重な相手ではあるけど、今の切り返しはいけなかった。

私がついムッとして答えてしまったがために、柳井さんはニヤニヤしながら私の顔を見てくる。これは完全に新しいおもちゃを見つけたときの顔だ。

「なによ〜〝私の獲物〟ってこと？　本気じゃ〜ん」

「だからそういうのじゃ……」

「仮にマスターにその気がなくても、向こうは結構あなたに本気じゃない？　さっきから目で追ってきてるの、気付いてないわけじゃないんでしょ？」

「……それは……」

馬締くん自身からも〝絹さんのことはすっげー見てる〟と申告があったくらいだから、自覚している。実際彼は私のことをよく見ている。

だけどそれを本気の好意だと受け取ってしまったら、痛い目を見るということもわかっている。甘い言葉は、彼が若くてチャラいが故のおふざけだ。そして、私がそのおふざけの標的になっている理由も、はっきりしている。

馬締くんが私のことを目で追ってくれる理由は、ひとつだけ。

「それは……私がバーテンダーだからですよ。女のバーテンダーが珍しいから〝ちょっかいかけてみるか〟と思ってるだけです。彼にそれ以上の感情はありません」

「……うわー、こじらせてる～」

「なんとでも言ってください。ご注文はクール・バナナでしたね？」

注文を再度確認して、私はやっとのことカクテルに取り掛かる。

今日がお客様の少ない日でよかった。今の時間、店内にいるのは柳井さんと馬締くんだけ。馬締くん自身に今の会話を聞かれるのもまずいけど、こんな格好悪い話、他のお客様にだって聞かれたくない。

カクテル・グラスとミキシング・グラスにそれぞれ氷を入れて器を冷やし、カクテルを作る下準備をしながら、私は自分が放った言葉について考える。

〝私がバーテンダーだから〟

自分で言いながら腑に落ちていた。

そうだ。自惚《うぬぼ》れてはいけない。今の私はバーテンダーという職業にかなり下駄を履かせてもらっている。馬締くんには職業柄、私が年上の格好いい女に見えているだけ。

それで、少し興味をそそられているだけ。

実際の私は全然たいした女じゃないのだ。

人生で一度挫折しているし。恋愛経験も乏しいし……。

新卒で勤めた会社がブラック企業だった。

地元で大学を卒業し、東京にある不動産企業に営業職として採用された私は、入社して早々深夜残業に明け暮れることとなった。それが二十二歳のこと。

最初はたくさんいた同期が次々と辞めていくのを横目に、私は〝三年も勤めず辞めたら次はどこも雇ってくれないんじゃ〞という不安に苛《さいな》まれ、思い切って転職に踏み切ることもできずに。

深夜残業はもちろん辛かったけど、何より堪《こた》えたのは接待に連れまわされたことだ。毎日毎日、その日の作業ノルマがまだ残っているのにもかかわらず、夜になると上司に会社から連れ出される。取引先との会食に同席させられ、よく知らないおじさんをホステスのようにもてなすことを求められた。

ひどいときには言葉にするのも憚《はばか》られるような過剰な接待を要求され、「それはできません」と断ると後で上司に怒られた。業務とは直接関係ないのに。相手は私が担当する顧客ですらないのに。ただ若い女だというだけで、若さも性も消費されて鬱々《うつうつ》とする毎日。

今ならあの日々が異常だったと理解できる。でもあの頃、まだ二十代はじめの小娘だった私にはわからなかったのだ。どんなに苦痛でもこれが仕事というもので、〝つらい〟とか〝辞めたい〟とか思うのは甘えなのかもしれない。みんなやりたくもない仕事をして、それでも生きていくために働かなくちゃいけなくて、だから、私が今こんなに虚しいのも仕方がない。まっとうな大人はみんなこの息苦しさを我慢して、必死で経済を回しているのかもしれない――と。

そうして私は一年間、確実に目減りしていく自分の心に耐えながら、その会社の社員であり続けた。

転機が訪れたのは、二十三歳の夏。

その日は上司に呼び出され、重要といわれる会食に同席することになった。「お前はニコニコ笑って先方の話を聞いてればいい」とだけ指示され、私も内心では〝そうですか～〟と投げやりで。

会食の一軒目は一流ホテルの中にある料亭で、私は格式の高さに少し緊張したものの、〝こんなに美味しいものは家族や友達と食べたかったな〟と思いながら笑顔を浮かべていた。品のないセクハラまがいの冗談や、隙あらばと狙ってくるボディタッチに失笑しつつ、顔が筋肉痛になりそうなほど張りついた笑顔を浮かべて。

〝早く散会にならないかなぁ〟という願いは届かず、料亭のあとは同じホテルの中のスカイラウンジで飲みなおすことに。「お前は帰っていいぞ」……とはもちろん言ってもらえず、げんなりしながら私は上司たちについていった。

大人の社交場・高級ラウンジでの立ち居振る舞いを、二十三歳の頃の私はまだ知らない。お酒の種類もよくわからない私は、上司たちに言われるがまま〝ロングアイランド・アイスティー〟を注文した。

しかし、ロングアイランド・アイスティーはレディーキラーカクテルだ。馬締くんにも前に教えたとおり、そう呼ばれるカクテルは飲み口の良さに反してアルコール度数が高く、酔いやすい。

そのことを私に最初に教えてくれたのが、スカイラウンジでお酒を作ってくれたバーテンダーだった。そのバーテンダーは私にロングアイランド・アイスティーを出すときに、一緒に目の前に置いた紙ナプキンの上からトントン、と、指先で二回、テーブルを叩《たた》いた。

なんだろう？　と思って私がそこに視線を落とすと、その紙ナプキンにはボールペンで小さなメッセージが。

〝元が強いお酒なので少し優しめに作りました〟

〝もし普通に作ったほうがよければ、このナプキンは裏返してください〞

パッ！　と顔を上げてバーテンダーのほうを見た。そのバーテンダーは優雅に笑って上司と取引先の相手をしていて、私はその気遣いの細やかさに胸を打たれる。

何もかもが格好良すぎた。カクテルに不慣れな私が潰れないための気遣いも、上司たちが口を挟んでこない手段で確認を取ってくれた機転も。まるで映画の中のお洒落なワンシーンみたいに格好良くて、痺れた。

その後私はアルコール度数低めに作ってもらったロングアイランド・アイスティーを飲み干して、追加の注文では「バーテンダーさんのオススメをお願いします」と言ってみることに。

するとそのバーテンダーは「ではお連れ様がハイボールを飲んでらっしゃるので、お客様にもハイボールでひとつ」と。

そう言って〝クロンダイク・ハイボール〞という、ドライ・ベルモットとスイート・ベルモット、シュガー・シロップ、レモンジュースをシェークして、ジンジャーエールで割ったお酒を出してくれた。

紙ナプキンに秘密のメッセージを添えて。

〝このお酒の酒言葉は『本音と建前』です〟

私は愉快な気持ちが溢れて、笑い出しそうになった。

上司の横柄《おうへい》な態度から、バーテンダーは私が置かれている状況を察してくれたらしい。私が怒られないように、表向きは上司たちの顔を立てながら、裏でこっそり私にフォローを入れてくれたり、ウイットに富んだメッセージで楽しませてくれたりする。

この時点でもう、私はこのバーテンダーにがっつり心を奪われていた。どうすればこんな風に楽しくて、格好いい大人になれるんだろう。

根底にある思想や哲学を知りたくて、私は食い気味に質問していた。

「バーテンダーって楽しいですか？」

その人はさして悩むことなく、綺麗に微笑んでこう答えた。

「一日は二十四時間しかありません」

「はあ……」

「その半分を捧《ささ》げる仕事に選んでいるくらいですから、楽しいに決まっています」

目から鱗《うろこ》だった。

言葉の意味そのものも、その言葉を息をするように放った自然さも。楽しいに決まっていると言い切ってくれた清々しさも。

この人は本気で信じているんだ。

自分の一日の半分を捧げる仕事は、楽しくて然《しか》るべきだと。

頭の中をガツンと殴られたような衝撃に見舞われ、私はしばらく微動だにすることもできずに。

（……ほんとに、そうだ）

時間は平等で、誰しも二十四時間しかない。

私だって例外じゃない。等しく二十四時間しかない。

その半分の時間を捧げる価値が、今の仕事にあるか？

——答えはＮＯだ。


結論が出ると憑《つ》き物《もの》が落ちたみたいにすっきりとして、私はその夜のうちに上司に会社を辞める旨を伝え、その一カ月後に退社した。

後のことはたぶん、ご想像のとおり。

私はきっかけとなったスカイラウンジの門を叩き、アルバイトから入ってバーテンダー修行をすることになった。あのとき粋《いき》な心遣いで私を魅了したバーテンダーこそが、長らくお世話になった私の師匠だ。今もとても尊敬している。

本格的なオーセンティック・バーで接客の基本とカクテルの作り方を教えてもらい、途中でショット・バーやモルトバーにも勤務しながら、がむしゃらに実践を重ねること五年。

夜中に営業を終えてから明け方までカクテルの練習をする日々は、もしかしたらブラック企業での深夜残業に並んでしんどかったかもしれない。だけどあの頃とはモチベーションがまるで違っていた。〝もう何も諦めなくていいんだ〟という自由さと、確かな目標のお陰で、苦に感じることは少なかった。

目標はいつか自分の店を持つこと。決して多くはないお給料を貯め、節約して、それを開業資金に充《あ》てると決めていた。

――そして六年目に差し掛かった昨年、二十八歳の春に『BAR・Silk Forest』をオープンした。〝独り立ちは早すぎる〟というお叱りも一部からはあったけれど、師匠の「ひとりで全部回してみて初めて学ぶこともあります」という言葉に背中を押されて開業した。早いもので、間もなく一周年になる。

つまり私はまだ修行の途中。カクテルも接客も会話も、すべてにまだ改良の余地がある。私はまだまだ伸び盛り――と、そう思うことにしている。

そういうわけで、バーテンダーの道を志してからの私に恋愛をする暇などなかった。

そもそも時間が合わないのだ。深夜に店を営業して朝方帰宅し、睡眠をとって次に目を覚ますのは昼の三時頃。バーテンダーになって以降、ずっと昼夜は逆転したまま。恋人ができないどころか、付き合いが悪いせいで友達まで減ってしまったというのに。

そう言うと柳井さんから「はい言い訳～！」と怒られるけれど……。


「〝クール・バナナ〟です」

「あ～！　これこれ！」

柳井さんの前にカクテル・グラスを差し出すと、彼女は〝待ってました！〟とばかりに目を輝かせてグラスを手に取った。早速口をつける。

「ん――！　おいち～♡」

柳井さんはいつも本当に美味しそうにしてくれるから、私も自然と口元が緩んでしまう。

「お口に合ってよかったです」

「舌触りもなめらかで最高～。生クリームが入ると一気にコクが出るわよね。何杯でもいけちゃう……」

「太りますよ」

「毎日忙しく働いているから大丈夫ですぅ～」

そんな応酬で小さく笑い合いながら、私は今使った道具の後片付けに移る。

柳井さんはカクテル・グラスの縁に添えてあったマラスキーノ・チェリーを手に取り、口に含む。

「はぁ……この甘ったるさが疲れた体に沁みるわぁ……」

マラスキーノ・チェリーはさくらんぼの砂糖漬け。かなり甘いので普段は甘さを抑えるようにしているが、甘党の柳井さん用に極上に甘いものを少しだけ用意してある。

初めてバーに来るお客さんはよく「この飾りのフルーツって食べていいんですか？」と訊いてくるけど、ぜひ食べてほしい。それもカクテルをより美味しく飲んでもらうための工夫だから。

「若い頃、年配の上司にバーに連れてってもらったときに聞いたんだけどさぁ」

「はい」

「昔は、飲んでて女の子がカクテルの飾りを食べたら、それは〝今夜はOK♡〟っていう暗黙の了解だったらしいね」

「ああ」

その手の話はいくつかある。

私は記憶の引き出しから該当するものをひとつ引っ張り出し、柳井さんの話題に応える。

「〝女性がキール・ロワイヤルを注文したら今夜はＯＫ〟とかね。なんでもかんでもＯＫ判定しすぎですよね。普通にキール・ロワイヤルが飲みたい気分のときもあるでしょうに……」

「あはっ！　確かに」

柳井さんは機嫌よく笑いながら、もうひと口クール・バナナを飲む。そしてグラスを目の高さに掲げ、穏やかな顔で眺めた。

「その〝今夜はＯＫ〟の話はちょっと俗っぽいけど。でも、わかる人にはわかる知識っていうか……そういうのって面白いよね。酒言葉とかさ」

「そうですね。ちなみそのクール・バナナの酒言葉は――」

「〝いつも愛して〟でしょ？」

「あれ？　ご存知でしたか」

私はお客様との会話に備えて作り方と一緒に暗記しているけど、お客様でクール・バナナの酒言葉がわかる人はそういないと思う。有名な小説に登場するギムレットの〝長いお別れ〟とか、サイドカーの〝いつもふたりで〟なんかはまだメジャーだから、知っている方もいらっしゃるけど……。

私が不思議に思っていると、柳井さんは悪戯っぽく笑って種明かしをする。

「ほんとは、前に雑誌の特集でカクテルを扱ったときにかなり調べたのよ。恋愛系の酒言葉ばっかりだけど」

「なるほど」

それでもこの場でパッと正解が出てくるあたり、ものすごい記憶力だと思う。さすが編集者さん。

私ももっと興味を広げて勉強しないとなぁ。

気を引き締めようと私が背筋を伸ばしなおしたところで、再び柳井さんが口を開く。

「あと私ね。あなたがさっき向こうの若者に出したコロネーション……あれの酒言葉、知ってるんだ」

「……えっ！」

寝耳に水だった。

私が数あるカクテルの中からコロネーションを馬締くんへのオススメに選んだのは、その酒言葉が今の私の願望と合致していたから。そして、こんなマイナーな酒言葉、馬締くんはもちろん、誰にもバレることはないだろうと高を括っていたから。

「あっ、えっ……嘘でしょ……えっ……！」

気恥ずかしさと動揺でしどろもどろな私を見て、柳井さんはニヤッと笑う。

「いいじゃん、狙っちゃえば。年下の男を好きになったって何も恥ずかしいことないわよ」

……嘘じゃないんだ！　この人、ほんとに全部わかってるんだ！

わかった上で大人の女を装ってる私の挙動を楽しんでいたんだ……！

「いや、あれはっ……酒言葉とかは別に、関係なくてっ……」

今さら言い逃れしようとしたって、これだけ取り乱したあとではもう遅いとわかっていた。

柳井さんの認識はもう変えられない。三度の飯より色恋の話と生クリームが好きなこのお姉さんを、私はもう止められない。

「ねぇそこの若者！」

柳井さんは大きく挙手して声をあげた。今までのひそひそ話をする声とは違う、遠く離れた席の馬締くんにしっかり聞かせる声で。

一体何を始める気!?

私はハラハラしながら、事の次第を見守ることしかできない。

馬締くんは店の中を見回して他に客がいないことを確認し、声をかけられたのが自分だということに気付く。少し戸惑っている。

「……〝そこの若者〟って、俺のこと？」

「そうよ。先週グラスホッパー飲んで〝美味しい〟って言ってたわよね？」

このふたりは先週、馬締くんが初めてこの店を訪れたときに一度顔を合わせている。自己紹介をしたわけではないし、後追いで同じカクテルを注文した程度の絡みだ。それでこんな風に突然声をかけられたら普通に驚くと思う。

柳井さんはここぞとばかりに社交性を発揮して、馬締くんに提案をした。

「同じデザート系のカクテルでバナナの甘いやつがあるんだけど、飲みたくない？お姉さんが一杯奢《おご》ってあげる」

「え、いいんスか」

「うん。麗しのバーメイドがとびきり美味しいのを作ってくれるからさ！」

そうやって勝手に話をまとめ、柳井さんはバーカウンター越しに私の背中を叩いた。

「ほらっ」

「わ！」

後押しするように〝パンツ〟と軽く叩いて、馬締くんに聞こえない声量で私に言う。

「頑張れ、絹」

初めて名前で呼ばれたことにびっくりして柳井さんを見ると、軽くウインクされる。

「彼に訊きたいことがあるんでしょう？」

……一体どこまで私たちのことを見ていたのか。もしかしたら馬締くんより、柳井さんのほうが私のことを見ているのでは？

そう心の中で独り言ちて、観念した私は馬締くんの前に移動する。

「バナナは苦手じゃない？」

「あ、うん。大丈夫。好き」

馬締くんはちょっとぎこちない返事をして、それから不安そうにコソッと声をひそめて私に尋ねてくる。

「ほんとに奢ってもらっていいもん？　俺自分でお金出したほうがよくない……？」

「いいでしょう。ああ仰ってるんだし」

言いながら柳井さんのほうを向くと、彼女は知らぬ存ぜぬでもうこちらを見ていなかった。〝あとはどうぞおふたりで〟ということなのか……。

私は覚悟を決め、その場でひとつ深呼吸をした。

カクテル・グラスを氷で冷やし、クール・バナナを作る準備をしながら、それとなく馬締くんに話しかける。声が裏返らないように注意して。

「馬締くん、さっき」

「ん？」

「私に〝彼氏はいるのか〟って聞いたでしょう」

「あー……聞いたね？　〝秘密です〟ってはぐらかされちゃったけど～」

相変わらずけらけらと笑って、彼にとってはなんでもないことだと言わんばかりの態度。

私はまたわからなくなる。この距離は詰めてもいいものなのか。私だけが彼の言葉を本気にして、ひとりで盛り上がる痛い女になってしまうのではないか。

(……でも迷ったところで)

私の欲求はもう変わらないか。

コロネーションの酒言葉は〝あなたを知りたい〟。

これが恋かはまだ自信がない。

だけど私は馬締くんのことを、知りたい。

「馬締くんは彼女いるの?」

息を止めてひと息で訊くと、予想はしていたけど変な間が生まれた。

馬締くんは目を大きく見開いて、最初は私の質問に驚いている様子で。それからゆっくり私から目をそらし、そのままバーカウンターの上に視線をすべらせ、目を伏せた。何か考え事をしているように見える。

彼は今何を思っているだろう。〝今さらその話題?〟と不思議に思っているかも。

もしくは〝何真剣に訊いてんだよ〟ってヒいてる？

ただ恋人はいるのかと確認することに、自分がこんなに緊張するなんて思いもしなかった。心なしか膝がガクガクしている気がする。じっとり汗まで滲《にじ》んできた。

生きた心地がしないまましばらく待っていると、馬締くんの目線が私に戻ってくる。

彼はリアクションに困っているような、探り探りの微妙な顔をしてこう答えた。

「秘密」

——ああ、と絶望的な気持ちになる。

そう……そうだよね。さっき私がそう答えたんだった。「秘密です」って。〝大人の余裕を見せたい〟とかしょーもないことを考えて、意味もなくもったいぶったんだ。

そりゃあ教えてくれないだろう。

自分だけ秘密にしておいて〝あなたは教えて〟なんて図々しい。

一瞬前に振り絞った勇気は完全に枯れてしまい、私はなんとか笑って返事をする。

「馬締くんも〝秘密〟か〜。真似されちゃった」

「真似じゃねぇし」

今さら「さっきは秘密って言ったけど、実は彼氏いないの！　だからきみも教えて!」と言うのは、あまりに格好悪い。私は完全に質問の機会を逸してしまった。

この件はもしかしたら、一生わからないままなのかもしれない。

(私って馬鹿だなぁ……)

いくら恋愛経験が乏しいからって、こうまで駆け引きが下手なんてもう救えない。

この会話を聞いている柳井さんだってあきれているだろう。そっちを向くこともできないけど。

恋愛下手なアラサー女は、そもそも年下の男の子に惹かれる権利すらなかったんだ。

自分が情けなさすぎて泣きたい気持ちをグッと我慢し、バック・バーからリキュールを探すフリをして馬締くんに背を向ける。

せめて違和感を持たれないように、さっぱりとした声を繕う。

「じゃあお互いに〝秘密〟ということで。この話題はもうおしまいね!」

同時に私の、まだ始まっているのかもわからない恋ももうおしまいだ。

変に気にしたり、期待をしたり、そういうのは今後やめよう……と自分を戒《いまし》めていたとき。

〝くんっ!〟と後ろからベストの裾を引っ張られた。

「え?」

私はそこから動けなくなる。

「……絹さんごめん、嘘」

なぜか馬締くんに謝られた。振り返ってワケを訊こうとしたものの、ベストを後ろから掴まれたままなので身動きが取れない。

私はやむを得ず彼に背を向けたまま尋ねる。

「なっ、なにが嘘……？」

「秘密じゃない。彼女はいない」

「えっ」

「……だから絹さんもどうなのか教えて」

「っ……」

彼女いないんだ……！　という喜びが心の中で芽吹く。

それと同時に気になって仕方がない。今の言葉はどんな顔をして言ったの？

とっても気になる。でも困ったことに、私は今の表情を彼に見られるわけにはいかなかった。

バック・バーに並んだ酒瓶に映っているのは、嬉しくて今にも泣き出しそうなアラサー女の顔。他にも安心とか緊張とか戸惑いが弾けて溢れそうなほど胸の中にあって、自分でもどんな顔をすればいいのかわからない。

こんな顔はとても馬締くんに見せられないので、馬締くんに背を向けたまま答える。

「わ……私も、実は——」

離れたカウンター席で柳井さんがガッツポーズをした。

馬締くんの耳が真っ赤になっているのを見て彼女がそうしたことを、このときの私はまだ知らない。

三杯目　最後には必ずモスコー・ミュール

「……ふへへっ」

今日何度目かの思い出し笑いが漏れて、俺は〝いけないいけない〟と自分の口を手のひらで覆い、ニヤけた声を喉の奥へと押し込む。

今は大学の講義中。幸い、定員三〇〇名ほどの広い階段教室の最後列にいれば、少し笑い声を漏らしたところで教授に怒られることはない（ひとつ前の列の女子は怪訝《けげん》そうに俺を振り返ったけれど）。

ニヤけてしまうのは一昨日の絹さんの話が尾を引いているからだ。聞き出すことに思いがけず成功した絹さんの情報。

俺の中ではあれを〝「馬締くんは彼女いるの？」事件〟と呼んでいる。

これから詳しく振り返ってみたいと思う。


絹さんと出会ってから、俺は中一日か二日ほど空けて『BAR・Silk Forest』に通っていた。毎日行ったらさすがにキモがられるかなという懸念と、財布の事情により、この頻度。一回訪れるごとに二～三杯のカクテルを注文し、隙を見ては絹さんと会話してじりじりと距離を詰める。場合によっては大胆に恋愛モードに持ち込むようなことを言って、絹さんに俺を男として意識させるという戦略。

お手数ですが
切手をおはり
ください。

郵便はがき

104-0031

東京都中央区京橋1-3-1
八重洲口大栄ビル7階

スターツ出版(株)　書籍編集部
愛読者アンケート係

(フリガナ)
氏　　名

住　　所　〒

TEL　携帯／PHS

E-Mailアドレス

年齢　性別

職業
1. 学生(小・中・高・大学(院)・専門学校)　2. 会社員・公務員
3. 会社・団体役員　4.パート・アルバイト　5. 自営業
6. 自由業(　　　　)　7. 主婦　8. 無職
9. その他(　　　　)

今後、小社から新刊等の各種ご案内やアンケートのお願いをお送りしてもよろしいですか？
1. はい　2. いいえ　3. すでに届いている

※お手数ですが裏面もご記入ください。

お客様の情報を統計調査データとして使用するために利用させていただきます。
また頂いた個人情報に弊社からのお知らせをお送りさせて頂く場合があります。
個人情報保護管理責任者：スターツ出版株式会社 販売部 部長
連絡先：TEL 03-6202-0311

愛読者カード

お買い上げいただき、ありがとうございました！
今後の編集の参考にさせていただきますので、
下記の設問にお答えいただければ幸いです。よろしくお願いいたします。

本書のタイトル（　　　　　　　　　　　　　　　　　　　　　　　　　）

ご購入の理由は？　1. 内容に興味がある　2. タイトルにひかれた　3. カバー(装丁)が好き　4. 帯(表紙に巻いてある言葉)にひかれた　5. 本の巻末広告を見て　6. 小説サイト「野いちご」「Berry's Cafe」を見て　7. 知人からの口コミ　8. 雑誌・紹介記事をみて　9. 本でしか読めない番外編や追加エピソードがある　10. 著者のファンだから　11. あらすじを見て　12. その他

本書を読んだ感想は？　1. とても満足　2. 満足　3. ふつう　4. 不満

本書の作品を小説サイト「野いちご」「Berry's Cafe」で読んだことがありますか？
1.「野いちご」で読んだ　2.「Berry's Cafe」で読んだ　3. 読んだことがない　4.「野いちご」「Berry's Cafe」を知らない

上の質問で、1または2と答えた人に質問です。「野いちご」「Berry's Cafe」で読んだことのある作品を、本でもご購入された理由は？　1. また読み返したいから　2.いつでも読めるように手元においておきたいから　3. カバー(装丁)が良かったから　4. 著者のファンだから　5. その他（　　　　　　　　　　　　　　　　　　　　　　）

1カ月に何冊くらい小説を本で買いますか？　1. 1～2冊買う　2. 3冊以上買う　3. 不定期で時々買う　4. 昔はよく買っていたが今はめったに買わない　5. 今回はじめて買った

本を選ぶときに参考にするものは？　1. 友達からの口コミ　2. 書店で見て　3. ホームページ　4. 雑誌　5. テレビ　6. その他（　　　　　　　　　　　　　　　　　　　　）

スマホ、ケータイは持ってますか？
1. スマホを持っている　2. ガラケーを持っている　3. 持っていない

ご意見・ご感想をお聞かせください。

文庫化希望の作品があったら教えて下さい。

生活の中で、興味関心のあること、悩みごとなどあれば、教えてください。

いただいたご意見を本の帯または新聞・雑誌・インターネット等の広告に使用させていただいてもよろしいですか？　1. よい　2. 匿名ならOK　3. 不可

ご協力、ありがとうございました！

あの日も俺は何気ない会話をしつつ、〝どこかで一回ぶっ込んでやろう〟と決めていた。「俺、絹さんのことはすっげー見てる」って熱視線アピールは、ただのジャブだ。予想どおり「気が抜けないな～」とあっさり躱され、微塵《みじん》も甘い空気は生まれなかった。

はい知ってた～。そんな反応だろうと思ってた～。

もっと攻めの姿勢でいかないと絹さんには何も響かないと、俺はもう学習済みだった。だから俺は一か八かの大勝負に出ることに。

『絹さんって彼氏いるんスか』

――頬杖を突いているのとは逆の手で、バーカウンターの下で震える膝を一生懸命押さえながら。

一見しれっとした感じを装って訊いたが、いざ口にする瞬間の緊張はヤバかった。言ってから答えを待つ間は、更にもっとヤバかった。顔から汗が噴き出しそうなくらいガチガチに緊張しながらの、俺にとってはめちゃくちゃ勇気のいるひと言。

どうして俺は、訊けば教えてもらえるものと思い込んでいたんだろう。

実際は「いません」と言われてぬか喜びしたところに、「……って答えるのが模範解答でしょうね」と濁された。俺が「結局どっち？」と訊いても、彼女は「秘密です」と言って綺麗に笑うだけ。

（え～……）

勇気を振り絞ったぶん、落胆は大きかった。

俺のことガキだと思って軽くあしらってるんだなぁと思うと、どうにも虚しくて。悔しいから興味のない素振りでテンション低く「ふーん」と返してしまったくらい。

いじけているのがバレたらそれもそれで格好悪いなと思い、カクテルをオーダーした。絹さんオススメのコロネーションを飲みながら、後になって思った。

――ここで「いるよ」と言われていたら、俺は一体どうしてたんだ？

まさか略奪でもするつもりだったのか。そんな度胸と甲斐性《かいしょう》が自分にあるかと言えば、ないだろ。それができるだけの経験値もない。それに、彼氏がいるのに絹さんが俺になびいてくれるとも思えない。というか……そんな絹さんは嫌だ。

なら彼女が答えたように、「秘密」のままのほうがいい気さえしてきた。彼氏がいると明言されてしまえばアプローチもしづらくなるから、知らないままのほうがいい。「秘密」である限り、俺は絹さんのことを諦めずにいられるんだから。

そうやって前向きなのか後ろ向きなのかよくわからない結論を出し、絹さんの彼氏の有無については一旦忘れることにした。恋愛の話題からは離れ、バーテンダー歴や、バーテンダーになる前の絹さんについて尋ねると、後者の質問ではまた「秘密です」と言われてしまった。その上「謎が多いほうが、気になって会いに来てくれるでしょう?」なんて言われて。

(そのとおりですけども……)

もうすっかり絹さんの手のひらの上で転がされている。

でも、どこかで逆転しなくちゃ、この人は一生俺のものにならない。

その日は俺以外にも客がいて、最初に店を訪れたときにも見かけた黒髪ロングのOLがカウンターで飲んでいた。そのOLのことを絹さんは〝柳井さん〟と呼んでいて、俺も名前を憶えてしまった。

遠くから観察していると、絹さんは柳井さんと随分仲が良いようで、その人と接しているときの絹さんは、俺に接するときよりも素っぽい反応をしていた。

驚いたり、慌てていたり。俺の知らない笑い方をしたり。ちょっとムクれていたり。

いつまでも見ていられそうな可愛さだなと思いながら、カウンターテーブルに頬杖を突いてぼぉ〜っとしていた。

(……彼氏ねぇ)

絹さんを一方的に見つめていると、一日忘れたはずのさっきの質問が胸に蘇る。

実際のところ彼氏はいるのかどうなのか。いるんだとしたら、いつもああいう素の表情を間近で見てるってこと？　っていうか同棲《どうせい》してる可能性も……なくはない……か……。

考えれば考えるほど虚無になる。閉店後の店でふたりきりで飲んだりとかすんのかな。俺が「オススメちょうだい」って注文したら〝戴冠式〟なんてえらく格好いいカクテルを出してくれたけど、彼氏が同じような注文をしたら、何を出すんだろう。〝知的な愛〟って酒言葉がぴったりのマティーニとか？　もしくは、ビトウィーン・ザ・シーツを作って〝シーツに入って〟って夜のお誘いをするとか……そのままふたりは同棲している愛の巣に帰っていって……。

（あ、無理。嫉妬で死にそう……）

最初にスクリュードライバーの酒言葉を調べて以来、俺は半端に酒言葉に詳しくなった。ネットで調べると〝恋に効くシーン別カクテル言葉二十選！〟といった類のまとめページがいくつもあって、俺はそれを片っ端から読み漁《あさ》った。

〝いつか絹さんに注文して格好よくスマートに口説いてやろう〟なんて考えていたら、俺の妄想の中の架空の彼氏に先を越され、ダメージを受けてしまった。不毛極まりない。

あまりにくだらないことばっかり考えてしまうので、その日はもう帰ろうかと思っていた。そういうときは眠ってしまうに限る。コロネーションでいい感じに酔えていたし、絹さんはカクテルを作ったあとも柳井さんと何やら話し込んでいるし。

そう思った矢先、なぜか俺はその柳井さんからカクテルを一杯奢ってもらうことになった。俺は〝「あちらのお客様からです」みたいなことマジであるんだな～〟と衝撃を受けつつ、〝クール・バナナ〟を作ってもらうことに。

そのタイミングで絹さんは、さっき俺が「彼氏いるの？」と質問したことを蒸し返してきた。唐突だったから意図が読めなくて、〝教えてくれる気になったのか？〟と内心ドキドキしていたら、まさかの逆質問。

『馬締くんは彼女いるの？』

どういうこと!?　と俺は焦った。

〝自分は教えてくれなかったくせに他人《ひと》には訊くんかーい！〟というツッコミと、ちょっとは俺に関心出てきたのかな……という淡い期待。

深い意味はないのかもしれない。でも、ちょっと気になっただけだとしても、それは大きな前進じゃないか？　だって好きの反対は無関心っていうじゃん。関心が湧いたなら、そこから〝好き〟が始まる可能性だって……。

問題はここでどう答えるかだった。もちろん俺に彼女などいない。だけど絹さんみたいな大人の女性を相手に、正直に答えるのが正解だとも思えない。だって絹さんも言っていた。「謎が多いほうが、気になって会いに来てくれるでしょう?」って。駆け引きが上手な大人は、なんでもかんでも馬鹿正直に答えたりしないらしい。

熟考の末、大人のやり方に倣おうと決めた。

絹さんの目を見つめて、慎重に、反応を探りながら質問に答える。「秘密」と。

そしたら絹さんはカラッと笑いながら「馬締くんも〝秘密〟か～」と言って、棚から酒を取ろうと俺に背を向けた。彼女の表情が見えない状態になり、俺はわからなくなった。

(……あれ。もしかして俺、しくじった……?)

絹さんの声は明るかったのに、なぜかじりじりと焦る気持ちに襲われる。根拠は何もない。ただ、ボタンを掛け違えてしまったような気持ちの悪さが残る。

追い打ちをかけるように絹さんはこう言った。

『じゃあお互いに〝秘密〟ということで。この話題はもうおしまいね!』

こちらに背を向けたままそんなことを言うので、俺は〝いやいやいや〟と。

ちょっと待ってくれ。お互いに秘密って、それじゃあ何も進まなくないか？　何も進まないどころか、ほのかにゲームオーバーの香りまでする。

大人の駆け引き的にはこれで正解だったはずで……でも、じゃあなんで、甘い雰囲気とはほど遠い、こんな寂しい気持ちになるのか。

焦った俺は、カウンターの中へと腕を伸ばして彼女のベストの裾を掴んでいた。


『……絹さんごめん、嘘』


大人のやり方に倣ってみたけど、駆け引きとかじゃなくない？

〝もっと気にかけてほしい〟とか、〝もっと俺のことでヤキモキしてほしい〟とか。

そういう気持ちは確かにあるけど、それ以前にさ。

もっと絹さんに俺のこと知ってほしいし、俺だってもっと絹さんのことを知りたい。

『秘密じゃない。彼女はいない。……だから絹さんもどうなのか教えて』

大人のやり方からは遠く離れた、馬鹿正直な回答と、ド直球な質問。〝だって俺、大人じゃないしな〃と開き直って、絹さんのベストの裾を後ろから掴んだまま、答えを待っていた。

すると絹さんは……。

『私も、実は──今は彼氏いないの。お揃いだね』

これが、一昨日の〝「馬締くんは彼女いるの?」事件〃の全貌である。

俺が変な笑い声をあげてしまったワケをおわかりいただけただろうか。

そう!! 絹さんがフリーだと確定したからだ。

その上、可愛く「お揃いだね♡」なんて言われてしまって、もう俺は……(語尾のハートは捏造かもしれないが)。

教室の窓から外を見ると日が暮れ始めていて、間もなく絹さんの店が営業を始める時間だ。俺が通う大学から絹さんの店までは、徒歩だと三十分ほど。電車やバスを使えばもう少し早く着くかもしれないが、今から向かうには徒歩がちょうどよかった。

グイグイ口説いてくる男が、毎回のように開店直後に来たらちょっと怖いだろ?

それに開店三十分後であれば先客がいるはず。一昨日の〝「馬締くんは彼女いるの？」〝事件〟のこともあって、絹さんと今ふたりきりになるのは少しばかり気恥ずかしい。

（俺だけかもしんないけどね……）

絹さんがあの日のことをどう思っているかは知らない。なんなら二日経って忘れている可能性すらあるが、それでもいいのだ。絹さんに彼氏がいないことがわかったのだから！

終業のチャイムとともに席を立ち、出席票を兼ねた感想カードをボックスに入れて階段教室から脱出した。軽やかな足取りで校門へとまっしぐら。今日は何のカクテルを注文して、どんな話題を振ってみようか。考えるだけで心が躍る。

一昨日飲んだものなら甘い〝クール・バナナ〟も美味しかったけど、俺的には絹さんがオススメしてくれた〝コロネーション〟が好みの味だった。飲んだ瞬間はサッパリしているのに、どこか複雑で、俺には新鮮に感じる大人の味。

特に〝こんなのが好き〟って話したわけでもないのに、オススメを訊かれてあんなに好みにばっちり合うカクテルを出せるあたり、絹さんはやっぱりプロだなぁと思う。

（……早く顔見たいな）

少し思い出すだけで胸を締め付けられて、いつの間にか周りの学生たちを追い越すほど早足になっていた。早く早く。あの重厚な扉を開けて、優しい微笑みに出迎えられたい。

どんどん歩くペースが速くなり、歩幅が大きくなって、最終的に駆け足で校門に差し掛かったとき。後ろから俺を呼ぶ声が聞こえた。

「純ちゃ～ん！」

ちょけた男の声。〝純ちゃん〟とは、純一という俺の下の名前からとったあだ名だ。そして俺のことをそう呼ぶ人間は、この世にひとりしかいなかった。

俺はいつものように一度深呼吸してから、くるっと後ろを振り返き、ニカッと笑う。

「岡嶋《おかじま》ぁ～！」

大学生は意味もなく「ウェ～イ！」と言うといわれているが、ほんとに言う。不思議なほど言う。もうそういう言語なのかと思うくらい言う。

俺らも例に漏れず〝元気？〟の意味をもつ「ウェ～イ！」で拳同士を合わせ、それから並んで歩き始めた。

「俺もさっきの講義出てたんよ。終わって声かけようと思ったら純ちゃん、ソッコーで教室出ていくんだもん。今日バイトだっけ？」

「いや、バイトは今日休み」

岡嶋拓《たく》は同学年のサークル仲間だ。背が低く女子みたいに小柄で、本人もレディースの服を着こなしていたりする。今日のファッションもユニセックスのフード付きプルオーバー。下はハーフパンツ。俺の中ではお洒落系パリピに分類される。嫌なタイミングで捕まってしまった。岡嶋のことは嫌いではないし、なんなら大学では一番よくつるんでいて仲が良いのだけども。でも、今だけはこっちが急いでいるらしいことを察して、見逃してほしかった。

岡嶋は鈍感で、俺のバイトが休みだと知ると〝じゃあ急ぎじゃないな〟と判断したのか、八重歯を見せて笑いながら無邪気に話を続けてくる。

「さっきの『現代広告論』さ〜。前回から出席確認するようになったじゃん？　途中から変えるとかマジで勘弁してほしいわ。それなら他の講義にしたっつーの！」

「ああ……そうだな〜」

俺は適当に相槌を打つ。

パリピの単位の取り方は効率最重視。出欠を取らず、最後のテストだけで成績をつける科目を狙って履修《りしゅう》している。それで講義にはほとんど出ずに、テストの前に詰め込んで一発勝負で単位を取りに行くのだ（たまに失敗して教授に泣きついている）。

同じ『現代広告論』を履修しているが、講義で岡嶋を見かけたことは一度もない。

つまり、そういうことである。

岡嶋は〝ハッ！〟と何かに気付いたように俺の顔を見た。

（なんだ？）

俺が急いでいることを察してくれたのか？　それは有難い。実は、こうしている間も早く絹さんに会いたくてそわそわ落ち着かないんだ。

残念ながらそういうわけではなかった。

「純ちゃんまさか……『現代広告論』毎回出てた人⁉　もしかして真面目⁉」

「いやいやいや」

慌てて首を横に振って否定する。しまった。気付いたのはそっちだったか。

馬締純一は岡嶋を筆頭とするパリピの仲間。単位に影響しない講義に真面目に出たりはしない。……と自分に言い聞かせて、俺は岡嶋との会話のラリーを繋《つな》ぐ。

「出るわけないっしょ。スクリーンにＣＭ流して教授の解説聞くだけの講義なんて眠くて聞いてらんないし。最後のテストだけで充分！」

「だよな〜！」

嘘である。

毎回しっかり出席している。高い授業料を払っていると思うと、欠席するのが勿体ないからだ。それに、脱線することも多いけど、教授の解説は案外面白い。

それを正直に話そうものなら、どう言われるかは見当がついていた。

「さっっすが不真面目マジメくん〜」

「ははっ……」

不真面目マジメくん。そう呼ばれるようになったのは大学に入ってからのことだ。岡嶋は知らない。高校を卒業するまで俺がずっと学校で〝マジメな馬締クン〟と呼ばれていたことを。なんなら大学中の誰も知らない。大学デビューを果たすために、俺は誰も自分のことを知らない遠くの大学を受験したからだ。

今も昔も、俺は自分の〝馬締〟という名字が好きではなかった。例えば電車の中で席をお年寄りに譲ると、それが何気なくやったことでもそばにいた友達に「さすがマジメ！」と囃《はや》し立てられる。夏休み明けに宿題を提出したり、放課後の掃除をやったり、そんな当たり前のことをしても「マジメくん偉い！」と茶々を入れられるものだから、段々何をするのも億劫《おっくう》になってしまって。

真面目だと馬鹿にされるのにも、真面目であることを期待されるのにも疲れてしまった。それよりはみんなに合わせて怠惰なフリをするほうがよっぽどラクだ。

……ラクな、はずなんだけど。

「そういえば！　後で純ちゃんに連絡しようと思ってたんだけどさ」

そう言って、岡嶋は〝ちょうどよかった！〟というトーンで話を切り出してくる。俺は心の中でちょっと構える。

脈絡がなくコロコロと変わる話題にはもう慣れた。ただ、この雰囲気はちょっとヤバいぞ。これまで一年とちょっとを一緒に過ごした経験からいうと、この次に出てくる言葉は――。

「今晩空いてる⁉」

「……今晩？」

ほらきた――！　遊びの誘いだ！　それも、よりにもよって今晩の！

声をかけられた瞬間から嫌な予感はしていた。だって、光の速さで教室を出たはずの俺を追ってきたんだもんな。これが本題だったに違いない。

（今晩はムリ！　今晩はムリ！）

岡嶋は八重歯を見せ、ニッコニコだ。

「この間の新歓コンパでエグいほど可愛い子いたじゃん？　読モやってるって言ってた子！」

そんな子いただろうか？　正直あまり憶えていないけれど、俺は「ああ、あの子かぁ！」と適当に話を合わせる。

岡嶋は楽しそうにニシシッと笑う。

「あの子と連絡先交換したんだ～。やりとりしてる感じ食いつきよくてさ！　晩ご飯行こうって誘ったら〝友達も一緒でよければ〟って。純ちゃん一緒に行こ！　居酒屋からのカラオケコースがいいと思ってるんだけど！」

「あー……ええと……」

普段なら間違いなく一緒に行っていた。友達が「行こう！」と誘ってくるときには迷わずノるのが作法だと思っていた。

その読モの子がどんだけ可愛いか知らないが、少なくとも俺の中では絹さんに勝るはずがない。あの超絶格好よくカクテルが作れる美人を前にしては、どんな読モもミスキャンも霞むという自信がある。

ここは心を鬼にして、きっぱりはっきり断らねば。

手のひらを前に押し出してノーサンキューのポーズ。

「ごめん。俺はいいわ」

「えーっ！　なんで!?」

「バイト代入るまでしばらく金欠でさ。生活費がやべぇのよ」

嘘である。

家計のやりくりは苦手じゃないので、生活費がピンチになることだけは絶対ないようにコントロールしている。バイトも学業に支障が出ない範囲できっちりやっているから、よっぽどのことがなければ金欠状態に陥ることはない。

「そんなん……そんなん、俺が一旦出すじゃん！　行こ！」

「いや、それはさすがに悪いからいい」

岡嶋は情に厚い良い奴なのだけど、すぐ人に金を貸すのはよくないクセだと思う。

前に他の奴から一万返ってこないって嘆いてなかったか？　ちょっとは疑心暗鬼になったりしないんだろうか。

しばらく「出すから！」「いいって」の押し問答を繰り返していると、岡嶋は勝手に理由を考えて納得してくれていた。

「まあ……金欠じゃ仕方ないか～。女の子をお持ち帰りできても、ホテル代が出せないんじゃ格好つかんもんなぁ……」

ギクリ、と身を固くしたことが、バレていなければいい。

俺はとっさに波長を合わせる。ステレオのボリュームのつまみを回すみたいに、ちょうどいいところを探して、言葉を選ぶ。

「……それはお前！　ホテルじゃなくて自分の部屋にうまく誘導すりゃいいだけっしょ。〝一緒に観たい映画がある〟とかなんとか言ってさ」

「やだ～！　馬締くんのケダモノ！　ヤリチン～！」

「なんとでも言え」

嘘である。

岡嶋がゲラゲラ笑う声を聞きながら、俺は思ってた。

（あっっっっぶね!!）

馬締純一、二十歳。

大学ではパリピなヤリチンで通っているが、生粋《きっすい》の童貞だ。

その後も諦めずに「行こうよ〜！」と食い下がってくる岡嶋に、「悪いけど今日は他を当たって！　じゃあな！」と言い捨ててなんとか逃げおおせた。興味のない女子たちと飲むなんて今は無理だ。絶対に途中で絹さんの顔がチラついて、心がそこにないことがバレて女子たちを怒らせてしまうかも。

予想外にランニングをすることになり、絹さんの店に到着する頃には俺の息はあがっていた。重厚なドアをくり抜いて嵌《は》められている四角い磨りガラスからは柔らかく光が漏れていて、今日も問題なく営業中だとわかる。

俺は中に入る前に一度身なりを整えた。青味のロングカーデに皺がないように軽く伸ばし、ブラックアウトさせたスマホの画面を鏡にして髪型を整える。

（……よし）

恋する乙女かよ……と内心自分にツッコミを入れながら、いざ出陣。

重たいドアを開けると、独特の静けさの中にひっそりと流れるジャズミュージック。カウンター席にはひとり飲みの五十代前後のリーマンと、仕事帰りらしい若いカップルが座っていた。テーブル席はまだ使われていないみたいだ。

絹さんはカウンターのリーマンに生ハムとチーズの盛り合わせの皿を出していたと

ころで、すぐ俺に気付いて出迎えに来てくれた。

今日も抜群に美しいのに、振り撒《ま》く笑顔は可憐《かれん》で。

走ってきた疲れも吹き飛んでしまう。

「いらっしゃいませ。馬締くん」

「こんばんは」

最初にこの店に来ていたときは不慣れで挙動不審だった俺も、来店数が片手を越した今は自然に挨拶ができるようになった。

バーのルールも少しずつ覚えてきた。たとえば、バーに行ったら勝手に好きな席に座るのはご法度《はっと》。常連客の席が決まっていたり、客同士の居心地のいい間隔を守るためにマスターが席をコントロールしていたりするので、案内を待つのが正解だそうだ。

まだまだ知らないことも多いのだろうけど、最低限、店に溶け込むことができるようになった。その証拠に、カウンターにいるリーマンとカップルが俺のことをじろじろ見てくることはない。大学生ながらこの店にいても許される、大人の男に擬態できている。……はず、だったのだが。

絹さんの笑顔が僅かに硬くなる。

(……なんだ?)

もしかして俺、自分では気付いてないだけでなんかミスってる? 服装はカジュアルで問題なかったはずだけど……。不安になって自分の首から下、つま先までを確認する。特におかしなところはないと思う。

じゃあなんで絹さんは席への案内を躊躇っているんだ？

困惑する俺に、彼女はその答えを教えてくれた。

「ええと……そちらのお客様は、お友達かな？」

「え？」

よくよく見ると絹さんの視線は俺ではなく、俺の肩の上を通過してより遠くを見ているようだった。彼女の視線の先を追って背後を振り返る。

入口の重厚な扉は、その自重によってゆっくりと勝手に閉まるはずだった。しかし今、扉は閉まることなく半端に開いていて、その隙間から顔を覗かせているのは――さっき振り切ったはずの男。

「おわぁっ⁉」

そこにいるはずのない岡嶋を目にして、驚きのあまり俺は前方に飛び跳ねた。意図せず絹さんに身を寄せることになる。

「馬締くんシッ！　声が大きいっ……」

「あっ……すみません」

間近に感じた絹さんのいい匂いにクラッとして、唇に指を添えて〝シッ！〟とする仕草の可愛さに心ときめいたのも束の間。カウンター席のリーマンとカップルから刺すような視線を感じ、一気に肩身が狭くなる。

俺は意味がわからないまま、声を抑えて岡嶋に問いかけた。

「なんでここにっ……」

「いい店知ってるじゃん馬締クーン！」

「えぇっ……」

さも俺のツレであるかのように振る舞って、店内をきょろきょろと観察する岡嶋。

絹さんは俺の反応で、俺らが一緒に来たわけではないと察したらしく〝どうする？〟とアイコンタクトで尋ねてくる。

俺は一瞬どうしようか迷ったが、ここで岡嶋と立ち話をしても店の迷惑になる。ここは一旦、岡嶋の意向に合わせて俺のツレとして席に着かせたほうがよさそうだ。

「すみません、ふたりで。奥のテーブル席いいですか……？」

「大丈夫ですよ。こちらにどうぞ」

かくして俺は、こんな形で初めて四人掛けのテーブル席を利用することになった。

「うっわ！　このおしぼり超いい匂いするじゃん！　オシャ〜!!」

「岡嶋。頼むから声抑えろ……」

レモングラスがほのかに香る温かなおしぼりを顔の前に広げ、岡嶋が無遠慮に声をあげるので、俺は胃がキリキリと痛んで仕方なかった。

絹さんは嫌な顔をせず俺たちを席に案内してくれたが、アイコンタクトで〝くれぐれも騒がないようにね〟と念を押された。アイコンタクトなんて特別な関係っぽくて萌えるが、どう考えても今はそれを喜べる雰囲気じゃない……。

「お前……今晩読モの子とメシ行くって言ってたじゃん。なんでここにいんの？」

「純ちゃんこそ、金欠って言ってたくせになんでこんな高そうなバーに来てんの？」

うっ、と答えに詰まる。痛いところを突かれてぐうの音も出ない。

嘘がバレたバツの悪さで岡嶋の顔を見られずにいると、岡嶋はつまらなさそうに息をついて、滔々《とうとう》としゃべり始めた。

「今から夜空いてる奴探すのもムズいし、女の子と二対一っていうのも微妙だから読モ会は延期にしました～。それよりも、純ちゃんが急いでどこに行くのか気になったし？」

「つけてきたのか」

「なんとなく最近〝付き合い悪くなったな～〟とは思ってたけど、まさかバーに通ってたとはねぇ」

「なんでずっとここに来てたって決めつけるんだよ。今日たまたまかもしんないだろ」

「にしてはバーテンダーのお姉さんと仲良すぎでしょ〜。一番一緒に飲んでるであろう俺が知らないってことは、前々から使ってる店とは考えにくいじゃん？　ってことは、ここ最近になって足繁く通ってるってことだ」

普段鈍感なくせに、どうしてこんなときばっかり鋭いんだ……。

「先輩らも言ってた。純ちゃんが放課後になると姿消すから〝あいつ特定の女でもできたんじゃねぇの？〟って」

「え」

まさか先輩たちからも噂にされているとは思わず、たじろいだ。絹さんに振り向いてもらうことに必死で、俺は周りが見えていなかったということか？　二、三日に一回のペースで通うのは多すぎた？

岡嶋はそんな俺をせせら笑うように言う。

「どんな女に入れ込んでるのかと思って来てみれば、さっすが純ちゃん。女バーテンか〜。すげぇとこ攻めんなぁ〜」

「……おい」

なんとなく〝女バーテン〟という表現が癪《しゃく》に障《さわ》った。岡嶋がどんなつもりでそう呼んだかは知らないが、絹さんを馬鹿にしているような気がして不快だった。

けれど俺がたしなめるまでもなく、すぐ近くでその言葉を聞いていた絹さんが岡嶋に語りかける。

「〝バーテン〟という言葉は、できれば使わないでください」

ちょうど注文を取りに来てくれたタイミングだったようだ。会話を聞かれたらしいことに〝ヤバい！〟と思った俺に対して、岡嶋は悪びれる様子もなく問い返す。

「なんで？」

「〝バーテン〟って、定職に就かずにふらふらしている人って意味の〝フーテン〟と〝バーテンダー〟を組み合わせた蔑称《べっしょう》なんです。私たちバーテンダーは誇りを持ってこの仕事をしているので、その呼び方はやめてもらえたらなぁって」

絹さんの口調は穏やかだ。彼女が声を荒げて怒るところは想像もつかないが、優しく岡嶋を諭《さと》してくれたことにホッとする。同時に〝そうなんだ〟と思った。単純に縮めて呼ぶことが失礼なんじゃ……と思っていたが、造語だったんだな。

「え～別によくない？　フーテンいいじゃん。寅さん格好いいし」

「岡嶋……！」

素直に謝ればいいものを、岡嶋はなぜか臍《へそ》を曲げた様子で屁理屈を言う。居たたまれず俺が「絹さんごめん……」と謝ると、彼女は困ったように笑って言った。

「寅さんは確かに格好いいんだけどね。でも……そうだなぁ。私は〝女バーテン〟より、同じ意味なら〝バーメイド〟って呼ばれるほうが好きです。格好いいから」

「バーメイド?」

馴染みのない言葉に岡嶋が反応する。

確か、俺にクール・バナナを奢ってくれた柳井さんも、絹さんのことをそうやって呼んでたっけ。女性のバーテンダー〝バーメイド〟。語源は知らないが、メイドと言われるとクラシカルなメイド服を着た英国風のメイドさんを思い浮かべる。格式の高いプロフェッショナル、って感じがする。

俺は納得したが、岡嶋の態度は相変わらずで。

「格好いいほうで呼ばれたいなんて図々しくな〜い? 〝誇りを持ってる〟っつっても、一杯の酒で高い金とってさぁ。ぼってるだけじゃん」

「おい……いい加減にしろよ、お前」

岡嶋の態度があまりに酷いので、俺は苛立《いらだ》ちを通り越して唖然《あぜん》とした。

何かが変だ。

(こいつ……こんな嫌な言い方する奴だっけ?)

岡嶋はいつもあっけらかんとしていて、人と揉《も》めることもなくて。友達に貸した金が返ってこなくても、すぐまた別の奴に貸そうとするようなお人好しだ。何も考えていないような顔をしながら、実は結構周りの顔色をちゃんと見ている。そういう一面を持っているから、ほんとはさしてパリピでない俺でも仲良くできていたんだと思う。なのに今日の岡嶋は何かがおかしい。

それに、こんなに絹さんに突っかかる理由もよくわからない。

「純ちゃんも目ぇ覚ませよな〜。冷静に考えてみ？　ここじゃ一杯あたり千円近くするけど、居酒屋なら追加で千三百円ほど出せば飲み放題つけられるんだぜ？　断然そっちのほうがお得っしょ。小学生でもできる計算ですよ〜」

なんだかもう、聞いてられない、と思った。

侮辱《ぶじょく》するのも大概《たいがい》にしてほしい。ここは、そういう場所じゃないんだ。

「岡嶋。外行こ」

「は？　まだ注文してないじゃん」

「いいから」

地を這うような低い声が自分の喉から出て、怒りで頭に血が上っていることを自覚した。絹さんの目がなければ手が出ていたかもしれない。

店内で揉めても迷惑になるので、一刻も早く外に出たかった。何も注文せずに席を立つのは俺も失礼だと思ったが、これ以上岡嶋の好き勝手な戯言《ざれごと》を絹さんの耳に入れたくない。俺はテーブル席のソファから腰を浮かせて、強引に岡嶋の腕を引き、外に引き摺《ず》り出そうとした。

しかし、その動きは絹さんによって制される。

「ちょーっと待った」

「え？」

いつの間にか俺の背後に回っていた絹さんはポンと俺の両肩に手を置いて、ソファに体を沈み込ませてくる。そうされると俺は、立ち上がれなくなる。掴んでいた岡嶋の腕も離してしまった。

なぜ止めるんだ。

さすがの絹さんだって、ここまで心無いことを言われて腹が立たないわけないだろ。深く体がソファに沈み込んだ状態で、肩に触れている彼女の手にドキドキしながら、頭上を見る。絹さんの顎しか見えない。けれど――。

「言いましたね？」

彼女の声は、笑っていた。

「居酒屋の飲み放題と比べて〝ぼってる〟と思うなら、どうぞ一杯飲んでいってください。バーの悪口を言うのはそれからでもいいでしょ」

俺に接するときとは違う敬語を使った話し方で。かしこまってはいても硬くない、たおやかな感じのする語り口。言われた岡嶋も、目をそらしながら「まあ……そっスね」と押し負けていた。

絹さんは「よし！」というかけ声とともに俺の両肩を〝パンッ！〟と軽く叩く。だから、そのスキンシップやめて。謎にドキドキする。……嘘。やめないで……。

願い虚しく絹さんの両手は俺の肩から離れていった。

「馬締くんのお友達、お名前は？」

「岡嶋」

「そう、岡嶋くんね。岡嶋くんは炭酸は苦手じゃない？」

「別に。ビールもコーラもジンジャーエールも普通によく飲む」

「嫌いな果物は？」

「特には。強いていうなら、蜜柑《みかん》があんまり好きじゃない」

「なるほど。ライムは？」

「普通」

「わかりました」

短いやりとりだった。

絹さんを値踏みするようにつっけんどんな声で返事をする岡嶋に、内心ヒヤヒヤ、イライラしながら、ふたりの会話を聞いていた。

絹さんは今の情報から作るカクテルを決めたようで、俺たちのいるテーブル席を離れ、カウンターの中へ戻っていく。俺はソファの上でだらりと脱力した。

「純ちゃん、ほんとにあんな女がいいの？　美人だけどめっちゃ気ぃ強くない？」

「黙れよ」

黙ってくれ、本当に。これ以上失礼なことを言われたら絶縁したくなってしまう。

俺だけでなく、なぜか岡嶋までもが苛立っていて、深い深いため息をつかれた。

「ほんとに変わっちゃったなぁ純ちゃん……」

「変わったのはどっちだ。煽《あお》るようなことばっかり言って、らしくもない」

「〝らしくもない〟って何？　俺だって純ちゃんが嘘つきだとは思ってなかったよ」

「……それは」

金欠だと嘘をついて、岡嶋の誘いを断ったことを言っているらしい。

大学に入ってすぐのオリエンテーションで仲良くなり、つるむようになって以来、今ほど険悪な空気になることはなかった。中高の頃と違ってガキでもないし、表立って喧嘩《けんか》をすることがそもそもない。多少〝合わないな〟と思うことがあってもいちいち言わない。大学生にもなれば、そういうもんだろ。

長らく誰ともぶつかってこなかったから、こういう空気になってしまったときの対処法も忘れてしまった。

しばらく互いに何も言わずに黙り込んでいると、岡嶋が頬杖を突いたままカウンターへ視線をすべらせた。

「……やけに自信たっぷりだったけど、一体どんな酒を出す気なんだか」

それは俺にもわからない。

俺と岡嶋が揃って視線を注ぐ中、絹さんはウォッカの瓶を取り出した。無色透明の蒸留酒。俺がよく注文するスクリュードライバーにも使われている材料だ。ただ、岡嶋は「蜜柑はあんまり」と言っていたので、スクリュードライバーではないと思う。

絹さんはウォッカの他、少し黄緑がかった白濁《はくだく》の液体が入った小さめの瓶を用意していた。さっき〝ライム〟とか言っていたから、ライムジュースとか？　それからジンジャーエールも。

道具は何を使うのかと注視していると、絹さんが手元に用意したのは、材料を計るのに使うメジャー・カップと、混ぜるのに使うバー・スプーンだけ。

（あれ？）

ミキシング・グラスやシェーカーは使わないの？

特に、シェーカーを振るあのどちゃくそに格好いい姿を見せることができれば、さすがに岡嶋も見方を変えるのでは……と思ったんだが。

選ばれたグラスも、一般的なコップと変わらない円柱状の背の高いグラスだった（〝タンブラー〟と呼ぶのだと前に教えてもらった）。

絹さんはタンブラーの中に氷を入れる。いつものようにメジャー・カップを使い、スマートに手首を返してウォッカをグラスの中へ。

続いてライムジュース、ジンジャーエールを順に静かに注ぎ入れると、バー・スプーンを握って、いざステア。

（あっ　これも格好いいんだよな〜）

小気味のいい音をたててシェーカーを振る〝シェーク〟ほどの派手さはないものの、微動だにせず固定された手首と、その下でくるくる回る魔法道具のようなバー・スプーンに目を奪われる。今までに見た技法の中だと、俺はそれが一番好きだった。いつまでも見ていたくなる、繊細な手捌き。

しかし──今回絹さんは、グラスの底の氷を二、三回持ち上げるように混ぜただけで、早々にグラスの中からバー・スプーンを抜き去ってしまった。

（ありゃ……？）

これには俺も拍子抜けした。ステア、もう終わり？　いつもに比べて短くない？

同じ場面を見ていた岡嶋も、「なにあれ？　混ぜ方甘すぎ」と文句を垂れていた。カウンターの絹さんにもギリギリ届いてしまいそうな声量で言うので、正面からどついてやろうかと思ったが、我慢する。

絹さんはふたつのグラスの縁にそれぞれ輪切りのライムを差し、マドラーを添えてそれで完成とした。俺たちのいるテーブル席までカクテルを持ってきて、目の前にコースターを置いて、その上にグラスを置く。

「モスコー・ミュールです」

「モスコミュール!?」

早速岡嶋が突っかかる。他の客に配慮してか、さっきに比べれば声のトーンはかなり落とされていた。

「そんなんマジで居酒屋と一緒じゃん！　飲み放題メニューにあるし！　モスコミュールくらい俺でも作れるわ～」

そう言う岡嶋は入学以来ずっと居酒屋チェーンでバイトをしている。〝酒の作り方を覚えた〟なんて話もしていたから、作れるという話は本当なんだろう。それにしたって失礼だけど。

絹さんは気分を害した様子もなく、優雅に笑ってカクテルを勧める。

「そう言う岡嶋さんにこそ飲んでほしいカクテルです」

「は……」

「今が一番飲み頃なので、どうぞ」

それだけ言って、絹さんはじっとその場で控える姿勢をとった。〝ひと口飲んだ感想を聞くまでは絶対にここを動かない〟という無言の圧。……もしかして絹さん、意外と怒ってる……？

岡嶋もこの圧を感じ取ったのか、渋々グラスを手に取った。

「この……縁についてるライムは？　どうすりゃいいの？」

「それはどうぞお好みで。もし酸味が足りないようなら、搾ってもらえれば」

「酸味っつったって……」

たかがモスコミュールだろ？　と馬鹿にするニュアンスを残し、岡嶋がグラスに口をつける。さっき絹さんが〝今が飲み頃〟と言っていたのを思い出し、俺も後を追ってグラスに口をつけた。

実のところ、俺もモスコミュールは居酒屋で飲んだことがある。

よっぽどの違いが出せないと、岡嶋を納得させるのは難しいんじゃ——なんてことは、杞憂《きゆう》に過ぎなかった。

グラスから口を離した岡嶋は〝ぷはぁっ！〟と息をつき、グラスをまじまじと見た。

「……は？　何これ？」

ほぼ同時に飲んだ俺も、モスコミュールってこんなんだっけ？　と思った。

グラスに口をつけた瞬間は、ライムの香りをアクセントに、ジンジャーエールの甘く爽やかな香りを感じた。そこまではたぶん、居酒屋で飲んだモスコミュールと一緒。

決定的に違ったのはその直後。突き抜けるような炭酸の爽快感が喉を襲い、喉ごしよくゴクゴクと過ぎていったかと思うと、遅れて体全体に熱が広がっていった。

モスコミュールって、こんなにパンチの効いた酒だったっけ……？

岡嶋はこれでもかというほど顔をしかめて。

「ほんとにこれ、モスコミュール？　何か特別な酒でも入れたんじゃ……」

絹さんがすかさず否定する。

「いいえ、特別なものは何も」

「でも」

「ウォッカとライムジュースとジンジャーエールしか使ってません。ジンジャーエールは、うちの店ではいつも辛口のを使うけど……材料にあまり差が出ないように、あえて居酒屋で使われそうな、甘めのジンジャーエールを使ってみました」

「えっ」

「あとグラスも、普段はタンブラーじゃなくて、キンキンに冷やした銅製のマグカップで作るんだけど……。そうしたら〝味が違うのは容器が違うせいだ！〟とも言われかねないでしょう？」

「な……」

「材料は同じで、グラスには何の仕掛けもない。違うのは技だけ」

「……最後なんか、パパッとテキトーに混ぜて終わりだったじゃん」

「ああ」

彼女はすぐに思い当たったようだ。

カクテル作りの終盤、バー・スプーンを使って混ぜる工程があった。そこで絹さんは、普段はしっかり十五回ほどステアするところ、精々三回ほどですぐにバー・スプーンを抜いてしまった。

俺も〝少なくないか？〟と疑問に思っていた。

絹さんが解説を入れてくれる。

「アレはね、カクテル作りの技法のひとつの〝ビルド〟っていって……」

「えっ！」

「えっ？　なあに、馬締くん」

「いや……混ぜるのは〝ステア〟だったんじゃ……」

前に覚えたことと矛盾が生じた気がして、つい声をあげてしまった。

今の、ちょっと馬鹿っぽかったかも……。

あきれられるかと思ったが、絹さんは意外にも微笑んで褒めてくれた。

「〝ステア〟って単語がパッと出てくるなんて、馬締くん、ほんとに私の話よく聞いてくれてたんだね」

「いや……そりゃそうでしょ……」

ここは一気に攻めて、絹さんの耳に息たっぷりで「俺の話もちゃんと聞いてくれてる？」とか囁《ささや》いてやりたいところだが……チキった。正面で〝じーっ〟と俺を見つめてくる岡嶋の興醒《きょうざ》めした目線にやられ、勇気が出なかった。

なんだよ。文句あんのかよ……。

俺が何も手出しできない故に、絹さんの真面目な解説が続く。

「ステアもビルドも、バー・スプーンを使って掻き混ぜるって点では同じだからね。大きく違うのは、〝ステア〟はミキシング・グラスと氷を使ってお酒を掻き混ぜながら冷やすけど、〝ビルド〟は飲むグラスの中で直接お酒を混ぜ合わせるだけ」

言われたとおり、さっきの絹さんはミキシング・グラスを使っていなかった。

考えてみれば、よく作ってもらうスクリュードライバーもグラスに直接材料を入れていたような。

「作るカクテルによって〝ビルド〟にもいろんな目的があるんだけど、モスコー・ミュールの場合は……炭酸を逃がさないため」

「炭酸……」

「炭酸飲料は混ぜるほどに炭酸が抜けてしまうの。だからジンジャーエールを注いだあとはしつこく混ぜたりしない。たった数回、氷を下から持ち上げて下ろすだけ」

「なるほど」

適当に混ぜていたわけじゃなかった。あの動きと回数にはちゃんと意味があったんだ。よくよく考えれば、絹さんがカクテル作りに手を抜くはずがないのだが、説明されて合点がいった。

「あと、ジンジャーエールをグラスに注ぐときもね。氷に当てないように静かに注ぐのがコツ。氷に当たっても炭酸は飛んでしまうから」

「炭酸って、扱い難しいんスね……」

俺が相槌を打って絹さんの解説を聞く中、岡嶋はずっと黙っていた。

ただ、話を聞いていないわけではなく、聞いた上でしかめっ面をしていた。何を考えているかは、なんとなくわかる。自分の負けを認めたくなくて、まだ突っ込める点がないか探しているんだろう。

しかしそれでも、絹さんのほうが上手だった。

「技以外に差があるとすれば、〝使ってる材料の質が違うから〟って線は否定できないけど……よければ、同じ材料を使って作ってみますか？　営業中は無理だけど、開店前とかなら」

「っ……」

「〝俺でも作れるわ～〟って、言ってましたもんね？」

岡嶋の目が泳ぐ。まったく同じ材料を使ったとて、同じ風には作れないことは奴も理解していた。

そりゃそうだろう。そのくらい絹さんのモスコミュールは洗練されていた。素人の俺が飲んでも、飲み放題のモスコミュールとは別物だとはっきりわかるほど、美味しかった。

「どう？　岡嶋くん」

絹さんが問いかける。努力に裏打ちされた、自信に溢れる微笑を浮かべて。

〝バーメイド〟という呼び名がぴったりな、プロフェッショナルの笑顔。

「まだバーで飲むカクテルを〝居酒屋の飲み放題と一緒だ〟って思う？」

岡嶋は更に目を泳がせ、またしばらく黙っていた。

まさかこのまま絹さんの問いかけを無視する気なのか……と俺が不安になった頃、岡嶋はパッと絹さんに視線を戻し、言いにくそうに口を開いた。「ごめんなさい」と。

「〝ぼってる〟って言ったのは……訂正する」

「よかった」

「〝俺でも作れる〟って言ったのも、無理だと思うから、訂正します。お姉さんの作ったモスコミュールのほうが断然美味いよ。こんなの初めて飲んだ」

「ありがとう。でも、別に無理なことはないんだよ。練習すればちゃんと美味しく作れるものだから、よければまた訊いてください」

「えっ、いいの？」

「もちろん」

岡嶋がちゃんと謝ったことにも、ふたりが和解したことにも、俺はホッとした。

そして俺の耳には、絹さんの「練習すればちゃんと美味しく作れる」という言葉が強く耳に残っていた。それは本当か？　と。それはつまり、練習すれば俺でも、絹さんみたいにカクテルが作れるようになるってこと？

そばでは岡嶋と絹さんの会話が続く。

「ジンジャーエール以外で割っても美味しい？」

「割りものを変えたらまた別のカクテルになります。ウォッカをジンジャーエールじゃなくて、たとえばトニックウォーターで割ったら〝ウォッカ・トニック〟になる。これもクセがなくて、シンプルに美味しいです」

打ち解けつつあるふたりをよそに、俺は強烈な衝動に襲われていた。

（……いや。でも、それはさすがに……）

〝ただの思いつきで言うのはまずい〟と、さすがの俺も躊躇った。思いついた瞬間にめちゃくちゃ気持ちが高揚したけど。ほんとは今すぐ言葉にして、実行に移してしまいたいけど。

――でも、ダメだ。せめてもっとよく考えてから、タイミングを見て……。

そうやって自分の気持ちを落ち着けていたところ、絹さんが「コホン」と咳払《せきばら》いをする。俺の注目を集めると、彼女はあらたまって俺と岡嶋に告げた。

「ちなみに……モスコー・ミュールの酒言葉は〝その日のうちに仲直り〟です」

俺たちは顔を見合わせる。

「せっかくふたりでバーに来ているんだし、〝腹を割った男同士の会話〟をしてみるのはどうでしょう？」

それだけ言うと、絹さんは俺たちが搾ったライムを回収してカウンターへ戻っていった。テーブル席には一時忘れていた気まずさが蘇る。そういえば、岡嶋とは険悪になってたんだったな……。

バックにジャズミュージックが流れる無駄にお洒落な沈黙。俺たちはお互い正面に座っていながら目も合わせない。どちらが先に口を開くか、双方相手の出方を窺っている。それを互いに感じ取っている。

岡嶋が絹さんへの態度を改めたことで、少し冷静になっていた。さっきは店内で騒がれることへの焦りや怒りで頭に血が上っていたが、今は頭を働かせる余裕がある。

俺はテーブル上のモスコミュールを見つめたまま、少し視線を下げて謝った。

「……その……悪かった」

すると岡嶋はソファに座ったまま柔軟に体を屈め、下から俺の顔を覗き込んでくる。

「何に対して言ってる？」

「……嘘ついてたことに対して」

元はといえば、「金欠だから」と嘘をついて岡嶋の誘いを断った俺が悪い。どれだけこの店に来たくて急いでたとしても、もっと他の断り方があったはずだ。そして岡嶋はやっぱり、理由もなくあんな酷い態度をとるような男じゃない。

岡嶋は本心を探るように、下から俺を覗き込んだまま小首を傾げて。

「読モの子と飲むの興味なかった？」

「それは……うん。実はあんまり」

「でも純ちゃん、前は誘えば絶対に来てくれたじゃん。単純に俺と遊ぶのがつまんなくなった？」

「そういうわけじゃっ……」

「なんてな！　今のはちょっと女々しいか～。〝彼女かよ！〟っていう、ね……」

無理やりにでもいつものノリに戻そうとしたのか、岡嶋の言葉のテンションは一瞬高くなり、そしてすぐに尻すぼんだ。誤魔化すように乾いた声で「はは……」と笑って、モスコミュールをひと口。

結局、岡嶋は茶化すのをやめたようだ。またしばらく黙ったあと、静かな声で「ちょっとキモい話してもいい？」と訊いてきた。俺は短く「うん」と返事した。

「ほんとはさー……ちょっと寂しかったんだ。純ちゃんが急に遊んでくれなくなって、このままちょっとずつ疎遠になってくのかな~とか、さ……」

「岡嶋……」

「とってる講義も違うし、バイトも違うし、高校んときみたいなベッタリした付き合いとは違うってわかってるんだけど。それでもなんか……彼女ができたなら教えてほしいな~とか。そこまで没頭する面白いこと見つけたなら、俺にも教えてほしいな~とか……思っちゃって」

そこで岡嶋はモスコミュールをもうひと口。

俺も、岡嶋の話を聞きながらもうひと口。

ぽつりぽつりと語られる本音にきつい炭酸が弾けて、喉奥に熱く押し寄せてくる。

岡嶋はいまだ残る炭酸に〝ぷは……〟と小さく息をつき、話を続けた。

「それで今日、いそいそとどこに行くんかな~と思って純ちゃんの後をつけてきたら、こんなお洒落なバーに来てんだもん。あのバーメイドのお姉さんとも親しげな雰囲気だったし？　〝この女に獲られたんかー！〟って思うとさ」

「彼女かよ」

「嫉妬深くてごめ~ん！」

ようやくいつものノリが少し戻って、小さく笑い合った。

岡嶋のらしくない態度はそれが原因だったらしい。俺があまりに絹さんに入れ込んでいるから岡嶋は面白くなくて、絹さんに突っかかるような態度をとっていた、と。

それだけ聞くと本当に〝彼女かよ〟とあきれてしまう話だが、それだけではないとわかっている。一番大きな原因は、俺がここ最近友達付き合いをおざなりにしていたことにある。誘いを断ってまでこのバーに行きたかった理由を、俺が最初にきちんと話せていれば、岡嶋に不快な思いをさせず済んだんだ。

(話せなかった理由は……)

そこまで深く考えていなかったけれど、今冷静に思い返せばわかる。

簡単だ。絹さんに対しては珍しく本気だから、それを知られるのが恥ずかしくて、言えなかったんだ。どうでもいい女の子の話ならいくらでもできるのに。

「……岡嶋」

「なに？」

友達に好きな人の話をするのが、こんなに緊張することだとは思わなかった。

体が熱をもっていく。モスコミュールをぬるくしてしまいそうなので、グラスからは手を離す。岡嶋の目を見た。岡嶋はまっすぐこっちを見て、瞬きをした。生きてると思った。

長い時間を一緒に過ごしてきた友達なのに、初めて〝生きてる他人〟だと、リアルに実感した。

「俺、好きな人ができた」

　報告すると、岡嶋の視線が徐々に下に落ちていく。「おう」と短く返事をしたかと思うと——すぐに「……ぷくくくっ！」と笑いを噛み殺す声が聞こえた。

　俺は信じられず、あんぐりと口を開ける。

「……笑う雰囲気だったか!?」

「ご、ごめっ……なんか、恥ずかしくなってきちゃって！」

「おい……」

「いやー……やっぱ嬉しいわ、本人の口から教えてもらうの。相手はあのバーメイドのお姉さん？」

「……うん」

　どうにも慣れず、むず痒《がゆ》い気持ちに襲われる。岡嶋は笑っているし、俺はひたすら恥ずかしいし。でも、決して不快ではない感覚だった。

　初めて人に話したことでスッキリしたというのもある。

　好きな人ができた。その相手は、絹さんだ。

　もうとっくに恋だとわかっていたのに、言葉にすることでまた一段と気持ちが高揚する。ふわふわ舞い上がる気持ちに、本気の恋の恐ろしさを知る。

今ならなんでも話せてしまいそうだ。

そんな危険な状態の俺に、岡嶋は晴れやかな顔で言った。

「応援するからさ。これからもなんでも話してくれよ！　あんな高嶺の花の攻略法はさっぱりわかんないけど、アシストくらいなら――」

「それじゃあ聞いてくれるか、岡嶋」

「……うん？」

本気の恋を打ち明けたついでに、さっきからずっと人に聞いてほしかったことがあるんだ。絹さんが岡嶋との雑談の中で「練習すればちゃんと美味しく作れる」と言ったのを耳にして、唐突に湧きあがった強い願望。

岡嶋は「なになに？」と続きを促してくる。

俺は選手宣誓のごとく、力強く発表する。

「俺、ここで働きながらカクテルの勉強したい」

「えっ！」

声をあげたのは岡嶋ではなく、絹さんだった。

本来はカウンターにいて、この程度の声量では聞こえないはずだったのに。俺と岡嶋にカクテルのおかわりを確認に来てくれたところ、偶然耳に入ってしまったらしい。

〝聞かれてしまったものは仕方がない〟と謎の割り切りを発動。ほんとはもう、思いついたときから言いたくて言いたくてどうしようもなかった。

だってこれ、名案じゃないか？　絹さんと一緒に働けて、あんな美味いカクテルを作れるようになって。想像する限り最高でしかない。

「ちょっと待って馬締くん、急に何っ……」

どうどう、と俺を制そうとしてくる絹さんの両手を、自分の両手でぎゅっと握る。

相変わらず華奢な手だな。

「絹さん」

呼びかけて、まっすぐ絹さんを見上げて。プロポーズをするときは跪《ひざまず》いてこれくらい下から言ったほうがいいのかな、とか馬鹿なことを考えながら……。

「俺を弟子にしてください」

――そばで見ていた岡嶋は、「マジかー」と気の抜けた炭酸のような声を出した。

四杯目　ベタなギムレットには泣かない

自分のお店を持ってまだ一年しか経っていない。弟子をとることはおろか、アルバイトを雇うことすら、一度も考えたことがなかった。

それなのに。

『俺、ここで働きながらカクテルの勉強したい』

馬締くんの口から突然そんな言葉が出てきて、私は店の中ですっ転びそうになった。

その日は馬締くんが珍しく友達を連れてきていたので、テーブル席に「おかわりはいかがですか？」と伺いに行ったところ、不意打ちでそんな話が聞こえてきたものだから……。

一緒に飲んでいた友達の岡嶋くんに向かって、彼ははっきり「カクテルの勉強したい」と。そんな話は初耳だった。

いつも熱心にカクテルに関する私の話を聞いてくれているな〜と思っていたけど、まさか……そこまで？　本当に？　しかも〝ここで働きながら〟って……。別に私から「アルバイト雇おうと思ってるんだよね〜」なんて話を振ったこともない。

はじめは〝酔ってるのかな〟と思った。だけど馬締くんが飲んだのはモスコー・ミュール一杯だけ。いつも飲んでる感じから考えてもまだ酔っ払うような量じゃない。

とにかく私は、気持ちがハイになっているらしい彼を落ち着けようと〝どうどう〟と手を前に出しながら馬締くんににじり寄った。するとその手はあっさり馬締くんの両手にそれぞれ握られ、制止の意味をなさなくなった。

――まただ。急に手を握るのはズルい。大きくて体温の高い手は、否応なく〝男の子だ〟と意識して恥ずかしくなってしまうからやめてほしい。

加えて、馬締くんがあまりに真剣な顔をして見上げてくるものだから、私はうっかり〝プロポーズされるときってこんな感じなのかな……〟とか考えてしまって。

（あーッ……！　これだから恋愛偏差値の低いアラサーは!!）

自分の発想の痛さに震え上がる。

いつから私、こんなに調子に乗った妄想をするようになっちゃったの……！

馬締くんが私に打ち明けたのは、もちろんプロポーズなんかではなかった。

『俺を弟子にしてください』

若者らしい希望に満ち溢れた瞳がキラキラしていた。私はその眩《まぶ》しさに目を焼き潰されそうになりながら、短い時間で一生懸命考えた。

弟子とか無理でしょ？　だって、まだ自分の店を持って間もない私に、人に教えてあげられることなんてない。実際問題として、余裕を持って人を雇えるほど大きな利益を出せているわけでもないし、私に雇用主が務まるかどうかも自信がない。

現状を冷静に整理すれば「ごめんね、無理です」一択。

ここは馬締くんのためにも、ひとつ冷静な大人の判断をすべき。

私はゆっくり深呼吸をして、意を決して口を開いた。馬締くんは私が首を縦に振ると信じて疑わず、期待に満ち溢れた目でこっちを見ている。

――私は目をそらして言った。

『じゃあ……ええと…………試用期間、ということで……』

「ぶわーっはッはッ!!」

「柳井さん。声が大きいです。出禁にしますよ」

「だって……ヒッ……お……面白すぎでしょ！　結局雇うことにしたなんて……!!」

声が大きいと言っても、この時間の店内には柳井さんしかいなかった。

間もなく日付が変わる深夜〇時前。ピークタイムが過ぎたこの時間帯のお客さんはいつも少なく、私以外誰もいないという状態もザラにある。いくら柳井さんが大きな声を出したところで迷惑に思うお客さんはいないのだけど……それにしたって笑いすぎじゃない？

　ムッとしながら粛々とグラスを拭く私に、柳井さんは半笑いで話しかけてくる。

「で、その新入りアルバイトくんは今日はどうしたの？」

「馬締くんなら今日は別のバイトです」

「えっ？　掛け持ちってこと？」

「それが、今働いているところは今月で閉店なんですって。お店が移転するらしくて。だから新しいバイト先を探していたところみたいで」

「へー、すっごい偶然ね。いつから入ってもらうの？」

「一応、明日から来てもらうことになってます」

　そう。もう明日だ。

　言いながら〝明日かぁ〟と緊張してきた。

　柳井さんはカクテル・グラスを傾け、ニヤニヤ笑いかけてくる。グラスの中身は〝プリンセス・メアリー〟。酒言葉は〝祝福〟。ジンとカカオ・リキュール、それから生クリームが入っている。

「じゃあ明日も来よっかな〜。どんな感じか興味あるし」

「明日は説明だけであまり何もさせないと思いますよ」

「わかってるわよ。その〝馬締くん〟とやらじゃなくて、彼とカウンターに立つマスターがどんな感じなのかに興味があるんですぅ～」

「悪趣味です……」

「だって……ねぇっ！」

柳井さんの声のテンションが一気に上がる。

「美しいバーメイドと、彼女の店で働き始めた男子大学生の禁断ラブ……！　まさかこんな続きが見られるなんて!!」

両方の頬に手を当てて、わざわざ「キャ～ッ！」と恥ずかしがるポーズまでして。

柳井さんは私たちのことを完全に面白がっている。

（他人事だと思って……）

つい、盛大なため息が出た。バック・バーから新たにグラスを引っ張り出し、引き続き粛々とグラス磨きをしながら柳井さんをたしなめる。

「私だけならまだしも……馬締くんにはそういうこと、絶対言っちゃダメですからね」

「えっ、どうして？」

柳井さんの顔には〝もちろん言うつもりでした〟とはっきり書かれている。これだから、この人にはなんでもきちんと言って釘を刺しておかないといけない。

「彼の性格的に、絶対に便乗して私をからかってくるからです」

簡単に想像できる。たとえば柳井さんが、一緒に働く私たちを見て「付き合ってるみた～い♡」と冷やかすようなことを言ったとする。そしたら馬締くんはすぐさま反応して、「でしょ～?」と言って私に体を寄せてくるんだろう。チャラい彼にとったら挨拶がわりみたいな気軽さで。

なんせ、出会ったその日に手を握ってきて「いつもお疲れさま」とか言っちゃうような子なのだ。あのときはとっさに平然を装って対応したけど、次もそうできるとは限らない。あんなことが何度も続けば、仕事に支障が出るのは目に見えている。

彼がうちでバイトをするということは、今まで私たちの間にあったカウンターテーブルという仕切りがなくなるということ。そしてそれは、馬締くんの無防備な接触がいつ飛んできてもおかしくないということ。

断固として謹《つつし》んでもらわなければ。

(厳しくしなくちゃ……)

私がひとり気を引き締めていると、カウンター席の柳井さんが生ぬるい目を向けてくる。

「〝からかってくる〟ねぇ……。もうすぐ三十路でその鈍さはいかがなものか……」

「またそんなこと言って。私が鈍いとかじゃなくて、実際からかわれてるだけなんです。だから柳井さんも、変な気をまわしてくっつけようとかしなくていいですからね」

「面倒くさいアラサー女だなぁ〜！」

「ほんとに出禁にしますよ」

気を抜くとすぐ柳井さんが〝落としちゃえよ☆〟と焚き付けてくるから困る。彼女には私と馬締くんがうまくいくように見えていると言うけど、そんなわけがない。

あんなに顔がよくって人懐っこい馬締くんの周りに、一体どれだけ若くて可愛い女子がいると思っているんだろう。

「せっかく彼女いないって判明したのに」

「それで私が期待するのはお門違いです」

馬締くんの口から「彼女はいない」と聞いて、一瞬ものすごく嬉しくなってしまったことは認める。でもそれは、まだしばらくは彼が店に顔を見せに来てくれそうだなって安心しただけ。彼女ができたら何かと入用で、バーに通ってる場合じゃなくなるかもしれないから。

私、アラサーですもの。もう少し若かったならともかく、この年になって若い子に期待なんてしません。変な欲目や色気は出さずに、こっそり〝ああなんか可愛いなぁ〟と愛でるくらいがちょうどいい。

――そう思ってないと、心に余裕を保てなくなる。

自分の心の邪念を払おうと無心になってグラスを磨き続ける私に、柳井さんは「ははっ！」と明るく笑って言った。

「期待してないと言いつつ、さっきからグラス磨きすぎじゃない？　さては結構浮かれてるな～？」

「……通常運転ですから！」

馬締くんが来るから磨いているわけではありません！

柳井さんが終電に合わせて帰っていったあとも、店は夜中の三時まで営業していた。閉店時間になって最後のお客様を送り出すと、後片付けや翌日の仕込みが待っている。そして明け方。世の中の人々が活動を始める時間帯に、私は巣に帰って眠りにつく。住まいは店のすぐ裏にある築五年のワンルームマンション。師匠と仲の良い不動産屋さんが勧めてくれたその部屋は、家賃も安く、隣人も親切でかなりの当たり物件だった。

目覚めて活動を始めるのはお昼三時前。バーテンダーの朝は遅い。睡眠欲旺盛な私はあと五時間くらい眠っていたいのを我慢し、無理やり体を動かして、眠る前に外に干しておいた洗濯物を回収する。

ほぼ毎日着るバーテンダーのユニフォームは常に清潔でなければならない。襟付きの白シャツに黒のベスト、黒の蝶ネクタイ。

特にシャツは、いつでもパリッとさせておきたい。

〝シワシワでヨレヨレのシャツを着たバーテンダーに、一杯千円するカクテルを頼もうとは誰も思わない〟というのは、師匠がよく口にしていた言葉だ。

私は寝ぼけまなこをこすりながら念入りにアイロンをかける。自分のぶんと、今日は馬締くんのぶんも。

当然ながら彼のシャツは私のより大きくて〝さすが男子……〟と思った。本人にサイズを聞いて発注したから大丈夫なはずだけど、ちゃんとぴったり入るかな？

「……ほんとに来るのかぁ」

まだ実感が湧かない。

軽く部屋を掃除して化粧を済ませ、出勤はいつも午後四時頃。

馬締くんの初出勤日。この日、大学の講義は三限目までで終わりということで、彼には開店前の準備から手伝ってもらうことになっていた。

（厳しく、厳しく……）

化粧台の鏡の前でマスカラを塗りながら、自分に言い聞かせるように何度も唱える。

今までと同じ感覚ではダメ。カウンターの中で従業員が不真面目な空気を漂わせている店なんて目も当てられない。……でも、だからといって、冗談のひとつも許さないようなピリピリした空気はお客様にも伝わってしまうだろうから、それもよくない。

(……厳しくすればいいってものでもないか)

この塩梅《あんばい》が難しい。結局私は馬締くんへの接し方について自分のスタンスを決め切れないまま、家を出る時間になってしまった。


待ち合わせの約束をしたのは午後四時。その十分前に店に向かうと、そこには既に馬締くんの姿があった。大学からまっすぐやってきたらしい垢抜《あかぬ》けたファッションと、教科書類が入っていそうなリュック。

たまたま早く着いたのか、それとも初日だから早く来てくれたのか。

彼は店の前で、正面のドアについた磨りガラスの窓から中を覗き込んでいた。

(中のほうが暗いから、何も見えないんじゃないかな……)

早く声をかけてあげればいいものの、ひとりでいる馬締くんの挙動をもう少し見ていたい気持ちが勝つ。一生懸命店の中を覗いている姿は傍《はた》から見ると怪しい。でも、一生懸命私を探しているのかなぁと思うと、ちょっと可愛い。

しばらく離れた場所から観察していると、不意に、窓から目を離した瞬間の馬締くんと目が合った。

馬締くんの顔は、少し緊張しているように見える。

「あ！……おはようございます」

「おはようございます。早いね？」

「まあ初日だし」

しれっと答えた彼は、どこか照れくさそう。

私は馬締くんのやる気が嬉しくて口元がむずむずする。ついさっきまでどうなることかと心配していたけど、段々彼と働けることが楽しみになってきた。

「それじゃあよろしく、馬締くん」

「よろしくお願いします」

いつもよりもしっかりした受け答えを新鮮に感じながら、私はドアの施錠を開けた。

バーの開店時刻である午後六時までは約二時間。私たちは交代で奥のスタッフルームでパパッと着替えを済ませた。念のため馬締くんの服装チェックをするも、黒のベストもロングエプロンも様になっている。着方もまったく問題ない。

「サイズ、大丈夫そうだね」

「はい。っていうか……こんな初日から制服着ていいんですかね」

「だってお客様には試用期間とか関係ないもの。スタッフなのかお客さんなのかどっちつかずの人がいたら戸惑うでしょ？」

「確かに」

よく似合ってるよ、と言おうとしたけどやめた。

バーテンダーの制服に着替えた馬締くんは背筋が伸びていて、率直に〝格好いい〟と思ったのだけど……言葉に出したら思わぬカウンターを食らうかもしれない。

（たとえばどんな？）

わざとシャツをはだけさせて「やっぱりうまく着れないから、絹さんが着させて」ってふざけて迫ってこられたりとか？

（……発想が痴女～！）

いつから私の頭は、こんな煩悩《ぼんのう》まみれになってしまったの……。

「絹さん」

「えっ」

「なんか、固まってるけどどうかした？」

「あっ、ううん。なんでもない」

今のところ馬締くんの勤務態度は良好だ。注意するのは彼が問題のある言動をしたときでいい。何もしていない段階で釘を刺されても釈然としないだろうし、やる気を下げるようなことは私もできれば言いたくない。

……今の段階では、勝手な想像をした私のほうに問題あるのでは？

（ダメだ〜！）

もたもたしている時間は本当にない。

残念な自分を振り切って、私はキリッと真面目な雇い主の顔を作った。

「じゃあ早速だけど氷割ろうか」

「氷？」

「うん。カクテル用の氷」

開店前のこの時間が、実はなかなか忙しいのだ。

私は冷凍庫から取り出した板氷を木製の氷桶の上に置く。重さ二キロ。今からこれをカクテル用に割っていく。

「馬締くん、中学生の頃〝技術〟の授業って得意だった？」

氷専用のノコギリを取り出して彼にそう尋ねると、馬締くんは「苦手ではなかった」と答えた。「任せて！　超得意！」と調子のいいことを言わないあたり、逆に期待できそうだなと思った。

「覚えてやってもらいたいから、今日は見ててね」

「はい」

カクテルの味を左右するのは、材料そのものやバーテンダーのテクニック。そして、もうひとつ重要な要素は氷の質だと思う。

板氷をノコギリで真っぷたつに切り、更に半分に切り、それを更に三等分。その三等分したものを更に半分に切ると、グラスに入るサイズになる。切り分けた氷は一度洗って汚れや細かな氷の欠片《かけら》を流し、綺麗な布で水滴を取って再び冷凍庫の中へ。

「この氷は明日と明後日で使います」

「今日は使わないんだ？」

「うん。もう一回よく冷やすことで氷が締まって溶けにくくなるんだ」

カクテルに使用する氷に大事なのは溶けにくさ。溶けるのが早いとせっかくのカクテルが水っぽくなってしまうから、氷の準備には手間をかける。カクテルを作っている最中も、時間経過と熱伝導にはとても気を遣う。

ちらっと馬締くんの手元に目をやると、彼の手にはいつの間にかメモ帳とボールペンが握られていた。彼は私の視線に気付くと〝サッ！〟とメモの内容が見えないように隠す。隠される寸前に見えたのは、横長の長方形の図だった。

私は笑いながら尋ねる。

「なんで隠したの？」

「いや……〝そんなことも覚えられないのかよ〟と思われたら嫌だな〜って」

「思わないよ」

思うはずがない。

馬締くんがメモしていたのは板氷の切り分け方だった。長方形の中に点線を書き込み、どのサイズに切り分けるか細かく書き込んでいた。彼のその姿勢が嬉しい。

なんて真面目な子なの……！

「大事だと思ったらどんどんメモして。次の作業いこっか」

「はい」

営業開始時間までのタイムリミットが迫る中、氷の処理を終えたら次はおしぼりの準備。レモングラスをほのかに香らせ、ひとつひとつ丁寧に巻いて用意する。

それが終われば今度はジュースを搾る。レモンやオレンジなどのフルーツを半分にカットして、スクイーザーで果汁を搾っていく。

それを見た馬締くんは目を丸くしていた。

「えっ……果物のジュースって、もしかして全部搾ってんの？」

「うん。フレッシュジュースのほうが断然美味しいからね」

「俺がよく飲むスクリュードライバーのオレンジジュースも……？」

「毎日搾ってるよ～」

たった一杯のカクテルに、実はかなりの労力がかけられている。お客様にはあまり知られていないけど、それでいいと思う。努力はひけらかすものではないし、美味しいかどうかはかけられた労力ではなく、お客様が飲んで初めて決めるものだ。

「手間ひまかかってんだなぁ……」

馬締くんはぽつりとそう言って、再びメモ帳にボールペンを走らせた。スクイーザーの使い方にもコツがある。力任せにグリグリ押し潰すと皮や房の苦味成分まで一緒に出てきてしまうから、優しく力を加えながらゆっくり回して搾っていく。搾ったジュースは、種が入らないように茶漉《ちゃこ》しを通した上で小さなガラスの空瓶の中へ。

すぐに消えてなくなる一杯に対してこれだけ手間ひまをかけるのは、それが最後の一杯になるかもしれないからだ。一杯飲んで気に入らなければ、たぶんそのお客様は二度と店に足を運んでくれないだろう。逆に、その一杯を気に入ってもらえれば、ずっと通ってくれる常連さんになるかもしれない。

馬締くんに説明をしながらだといつもより時間がかかってしまい、掃除を終える頃には開店五分前になっていた。

「準備はひととおりこんな感じ。次入ってもらったときには馬締くんにもやってもらうね」

「うっす」

「お客様の対応も今日は私がやるつもりだけど、もし声をかけられたら一度受けてください。わからないことは〝確認します〟って言ってすぐ私に振ってくれればいいから」

「わかりました」

そして、開店時間の午後六時がやってくる。


昨日宣言していたとおり、柳井さんは私たちの様子を見に店にやってきた。

夕方六時に営業を始めてから四時間が経過し、ピークタイムを過ぎた夜の十時。カウンター席に座った柳井さんは、サラリーマンのお客様と楽しそうに談笑している馬締くんを見て私に耳打ちしてくる。

「ちょっと……彼、ほんとにバイト初日？」

「そのはずなんですけどね……」

結果から言うと、馬締くんの初登板は百二十点満点だった。

お客様がまだ少ない時間帯に接客のあれこれなども教えてしまおうと思っていたのに、今日に限って客入りの出足が早く、馬締くんに十分なレクチャーをすることができないまま時間が過ぎていった。

その間、馬締くんがただぼーっとしていたかというと、まったくそんなことはなかった。彼は私がお客様を席に通すとすぐおしぼりなどを一式準備してくれて、常連のお客様相手には「今日から働かせてもらっている馬締です」としっかり礼儀正しく挨拶していた。

その上、ピークタイムが近づいて私が本格的にカクテルとフード作りに追われ始めると、彼は積極的に注文を取りに行ってくれるようになった。知らない単語が出てきたときや、こちらからの提案が必要なオーダーはすぐ私にパスしてくれるという、臨機応変具合。

率直に言ってめちゃくちゃ優秀。

そして、その優秀さには納得の理由があった。

「聞いたところによると馬締くん、今のバイト先がイタリアンレストランらしくて」

「あ、そういうこと!? 接客の経験あるならよかったじゃない！　即戦力！　ちなみにどこのレストラン？」

「〝カフェ・オルゴーリオ〟」

「えっ……どちゃくそお洒落なイタリアンじゃん……」

私は大きく頷く。

馬締くんが大学入学以来お世話になっていたというその店には、実は私も何度か訪れたことがある。一等地にあるカジュアルレストラン。価格帯はお手頃なのに、内装は超高級レストランだと言われても遜色《そんしょく》ない、格式高い調度品ばかり。料理が美味しいのはもちろんのこと、従業員の教育が行き届いていて居心地のいいお店だったと記憶している。

そんなところで働いていた馬締くんは、もしかしなくとも、かなり出来る子。

「これは試用期間も楽々クリアで、早速本採用かしら？」

否めない……。

柳井さんの声がニヤニヤしていることには釈然としないものの、正直今日だけでも大助かりで、できれば毎日来てほしいと思ってしまった。

この一年、ひとりで全部回すのが当たり前になっていたから？

フォローしてくれる人がいるって変なかんじ。その相手が、初めて私に「大変そう」って指摘してきた馬締くんだから、なおさら変なかんじ。

戸惑う私に、柳井さんが飽きもせず茶々を入れてくる。

「どちらにせよ、私的にはもうちょっとドキドキ展開がないと正直物足りないです！」

「知りません」

「イチャイチャはよ！」

「ありません。……柳井さん」

「ん？」

「私、自分が恥ずかしいです……」

「お？　どうしたどうした！」

今日の馬締くんは口調こそいつもと変わらず軽いものの、業務態度は至って真面目。かつ優秀。そういうおふざけがあるかもしれないと警戒していた自分のことが、逆に恥ずかしいくらいだった。

（悔い改めよう……）

浮ついていたのは私のほうだって、気付いてしまった。


どうにか馬締くんに絡んでやろうとしていた柳井さんは、結局タイミングが合わないまま、残った仕事を片付けに出版社に戻っていった。時刻は間もなく深夜十二時。途中、馬締くんにはピークタイム前に一時間休憩で晩ご飯を食べてもらったものの、ここまで残ってもらうつもりはなかった。

私はカウンターの中で洗い物をしながら、テーブル席を拭いている馬締くんに声をかける。

「ごめんね、初日からこんな遅くまで……疲れたでしょ？」

「全然！　これくらい余裕です」

お茶目なピースサインを返された。若さゆえなのか、本当にけろっとして見えるから私はちょっと笑ってしまった。

「そろそろ上がろっか」

ちょうど今はお客さんの切れ目で、店には私たちしかいない。

馬締くんに退勤してもらうなら今だなと思って声をかけたけれど、彼は「えっ」と不服そうな顔をする。

「閉店までだでしょ？」

「まだだけど、最後までいてもらうのは無理だよ。もう遅いし」

「俺、明日の講義も全部午後からだから最後までいけるけど」

「馬締くんがよくても、労働基準法的にダメ。アルバイトは原則八時間までって法律で決まってるから」

厳密には一時間休憩を取ってもらったからあと一時間は働けるし、八時間を超えたら時間外労働分の割増賃金を払えばいいのだけれど……学生の馬締くんにそこまで無理をさせたくない。

彼は何か考えている様子で口を噤《つぐ》んで、しばらくすると「はぁ……」と息を吐き出し、蝶ネクタイとベスト、ロングエプロンを脱いだ。白シャツとストレッチパンツのシンプルな姿になる。……納得してくれたのかな？

「お客さんいないけど、着替えるならちゃんと奥で――」

「じゃあ客として注文してもいいですか？」

「え？」

馬締くんは脱いだ蝶ネクタイとベストとロングエプロンをお客様用のカラーバスケットの中に入れ、私の向かいにあたるカウンター席に座る。

「労働時間的にNGなら客として。カクテルの作り方、教えてほしいんスけど」

そんなのダメよ、と言おうとして――言えなかった。

今日はもう帰ってゆっくりしてもらうつもりだったのに、結局店に残るんじゃ意味がない。そう思うのに……。

（また、あの目だ）

〝俺を弟子にしてください〟と言ってきたときと同じ、まっすぐな目。この眼差しを向けられると、私はどうにもたじろいでしまう。絶対ダメだと思っていたことについて「いいよ」と答えを変えてしまう。

私流されやすすぎない？　とも思うけど、それだけじゃない。

馬締くんは最初から〝カクテルの勉強がしたい〟と言っていた。今日は忙しい時間が続いて、彼は私がカクテルを作るところをじっくり見ることすらできなかった。

だとしたら、私の采配ミスと言えなくもない。

「……わかった、いいよ。何にしよっか」

「スクリュードライバー」

即答だった。

馬締くんの顔は真剣だ。

（ちょうどいいか）

スクリュー・ドライバーの作り方はビルド。使用する道具も材料も少ないから、最初に覚えるのには適しているかも。

そう思って、私は早速準備をする。冷蔵庫から冷えたウォッカの瓶と、開店前に搾ったオレンジジュースの容器、スライスオレンジを取り出して作業台の上へ。グラスに氷を入れたタイミングで、目の前に座っていた馬締くんから申し出があった。

「後ろから見てもいい？」

「どうぞ」

後ろから？　それって見にくくないのかな？　と思いつつ、深く考えずにOKした。

すると馬締くんはカウンターの中に入ってきて私の背後に回り込み、ぴとりと背中にくっついてきた。なぜか真横にある顔。大きな息遣い。体の背面をすっぽり覆う高い体温。

（……おやおやおや？）

いつの間にこんな体勢に？

「あー……そうか。そういう風に持ってたんだ」

……メジャー・カップの持ち方の話かな？

正直こっちはもう、それどころではなくなっていた。馬締くんが少ししゃべるだけで耳の裏に吹きかかる呼気に、体から心臓が飛び出しそうになる。メジャー・カップを挟み持っている中指と人差し指が震える。

（……えーーっ!?）

なにこの状況……。後ろから見ていいとは言ったけど、近すぎでは!?

「どうしたの絹さん。早くしないと、氷が」

口振りから推察するに、馬締くんに他意はない、気がする。

氷が溶ける心配してるくらいだし……。

ただ間近で見て、技を盗むつもりでやっているんだろうか？

（それにしたって近くない？）

私は何がなんだかよくわからないまま、背中をガチガチに強張らせて材料を計る。

するとまた、耳のすぐ後ろから囁く声。

「特に数字は書いてないけど、その大きいほうのカップに満杯まで入れてどれくらい？」

「……四五ミリリットル」

「そうなんだ。小さいほうは？」

「三〇」

「そう……」

こんなに緊張しながらカクテルを作ることが、未だかつてあっただろうか。

後ろにぴとりとくっついたままの馬締くんからワックスの匂いがして〝まずい〟と思った。グリーンアップルと花の香りが柔らかく漂って、そこはかとなくセクシー。

ほんのり汗の匂いが混じっているのもまずい。背中にじっとり汗までかいてきた。

私がこんなに彼の香りを感じるということは、逆もあるということ？

クサくないかな!?

私だって汗をかいているし、自分ではわからない体臭ももしかしたら……！

そればっかりは耐えられないので「離れて」と言おうとしたら、馬締くんは更に身を乗り出して体を密着させてきた。

「……オレンジジュースは計らないんだ？」

（……もう勘弁して！）

これ耳に唇ついてない!?　絶対ついてる。ドキドキしすぎて、「離れて」とお願いする余裕ももうない。

ぼそぼそと耳元でしゃべる声は、私の知ってる声とは違うような気がした。

いつもの馬締くんの声よりグッと低くて色っぽい。

腰のあたりがぞわぞわするような、こんな声は知らない。

「……目分量、です」

「ふーん……」

危うくオレンジジュースを入れすぎそうになって、なんとかちょうどいいところでピタッと止める。次は混ぜる工程が待っている。

震え出しそうな手になんとかバー・スプーンを持って、ゆっくり、ゆっくり、グラスの中に沈めた。すぐ後ろから感じる大きな呼吸に、私は否応なく自分の呼吸を重ね合わせる。そうしないと自分の息の乱れに勘付かれてしまいそうで。

(私だけ？)

こんなに意識してしまうのは、私だけなのかな。

馬締くんの呼吸は少しも乱れない。目線もただ一点、まっすぐ私の手元を見ているように思う。私は彼に一挙一動を見守られながら、手癖でグラスの中身を混ぜる。

「絹さんが混ぜると、ほんとに音がしないよな」

鼓膜にじんわり沁み入る声を、今は聞き流す。

体が覚えている動きを何も考えずに再現することでなんとか平静を保っていた。それでも指先に馬締くんの視線が絡みついてくる。じりじり、じりじりと。舐め回すように。

熱視線が私の指先に絡んでは解け、あらゆる場所を撫でていく。

「魔法みたいだなって、ずっと思ってた」

そう称賛されながらスライスオレンジをグラスの縁に飾り、最後にマドラーを差して「完成」と宣言した。〝これで終わり〟とはっきり伝わるように。すると馬締くんは自然に体を剥《は》がし、感心した様子で「はぁっ……」と息を吐く。

「すごかった……絹さん視点で見て道具の持ち方とかはわかったけど、あの混ぜ方は真似できる気がしない……！」

「ははっ……」

緊張感から放たれてドッと疲れた私は、ついよろめいてそばのカウンターテーブルに手を突く。生きた心地がしなかった。まだ背中が熱い。耳の中にも、余韻が残っている。

思い返せばミスなく作ることに必死で、ろくに解説を入れることもできなかった。私は後付けでポイントを伝える。

「バー・スプーンを出し入れするときは、氷を傷つけないようにゆっくりね。混ぜるときも静かに。スプーンの背でグラスの内側をなぞるように、力は入れないで、惰性で……」

「それはやってみないとよくわかんないかも」

「……確かに」

彼の言うとおり、道具の扱いについては感覚的なところが大きい。実践あるのみだ。

「やってみる？」

「うん。やりたい」

馬締くんは腕まくりをしながら私の隣に立つ。今までシャツで隠されていて気付かなかったけど、なかなか逞《たくま》しい腕をしている。イタリアンレストランで鍛えられたのかな。

「ウォッカと、オレンジジュースと……グラスってこれだっけ？　タンブラー」

「うん……」

私がさっき使ったものと同じ材料・道具を揃えていく馬締くん。私はその横顔を観察していた。あどけなさの残る端正な顔で、目を好奇心でキラキラとさせて、カクテルの練習に臨もうとしている。そこにはさっきの距離間に対する照れや、私への意識みたいなものはまったく感じられない。

（あんなに動揺したのは、私だけなんだ）

なんとなく釈然としなかった。頭では〝現実はそんなものよね〟とわかっているのに、どうしてこんなに虚しいんだろう。馬締くんの恋愛対象になれるなんて、まさか本気で思っていたわけじゃないでしょう？

「バー・スプーンとメジャー・カップは一度洗ったほうがいい？　さっきと同じ材料だけど――」

「今日の馬締くんは」

「ん？」

「いつもとちょっと違うね」

「……え？　どの辺が？」

やめておきなさい、絹。

駆け引きは向いてないって学習したところでしょ。

頭の中で冷静な自分にたしなめられても、強硬派の自分のことを止められない。

ドキドキしたのが私だけであってほしくないと思う自分が、勝手に馬締くんに尋ねてしまう。

「いつもはもっと、こう……チャラいっていうか」

「俺のことそんな風に思ってたんだ？」

「うん」

「ひっど！」

けらけら笑う彼はいつもの馬締くんと同じに見える。

ピュアでチャラくて元気な男子大学生。

私に気があるのかないのか、思わせぶりな態度で惑わしてくる。いつも。

「でも今日は、チャラいこと全然言ってこないなぁと思って……」

仕事中に言ってこられたら困るし、もし言ってこられたら注意しなきゃと思っていた。でもまったくそんな気配はなくて、拍子抜け。そしたら今度は体を密着させてきて、だけどドキドキしていたのは私だけ。このモヤモヤは何？

馬締くんはきょとんとしていた。私の言葉の意味がわからず、何を言えばいいのかわからないでいるようだった。実のところ私も、私の言葉の意図がわからない。

〝いつもと違ってチャラいこと全然言ってこない〟って、だから何？　それがどうしたって言うの。

変な沈黙が生まれてしまって、〝失敗した〟と思った私は話題を変えることにした。

今は馬締くんがビルドをやってみるところなんだったな。そっちに話を戻そう。

「——なんてね！　じゃあ早速、氷を……」

「もしかして何か期待されてた？」

「は」

目の前に馬締くんの真顔のどアップ。隣に立っていた彼は目線を合わせるために屈んで、〝ずいっ〟と私の顔を覗き込んできていた。

そろりと馬締くんの胸に手を添え、ゆっくり押し離す。

（期待？……私が？）

言いながら、心臓は早鐘を打っていた。馬締くんの胸に添えた自分の手のひらからもドクドクと感じるくらい、私はかなり動揺していた。

「まさか」

期待、なんて。

「期待なんて……するわけないでしょ。やだなぁもう！」

バシバシとおばさん叩きをしてしまう。

大人の女の対応ってどうやるんだっけ？

私はそれを思い出せないままで、口が回るまま適当にしゃべり続ける。

「あのチャラい感じでカウンターに立たれたら困るなと思ってたから、安心しただけ」

「あ、やっぱり？」

馬締くんは顔をくしゃっとさせて笑う。

「真剣に教わってるときは、さすがにああいうのはNGかな〜と思って」

――その真面目な答えを聞いて、私は自分のことが心底嫌になった。

厳しくしなきゃなんて思っていながら、その実、浮かれていたのも意識していたのも私だけ。馬締くんは最初から真剣にカクテルを覚える気で志願してくれていたのに、失礼極まりない。

それに……今の言葉で確信した。やっぱり冗談だったんだ。「絹さんのことはすっげー見てる」とか、「絹さんって彼氏いるんスか」とか。私の手をぎゅっと握ってきたのも、特に意味のないことだった。そんなこと最初からわかっていたはずなのに、〝そっかぁ〟と気が抜けてしまって。

気が抜けると、逆に清々しい気持ちになった。これで私はやっと雑念を捨てて、真剣に学びたいと思っている彼に向き合えるのかもしれない。

「……絹さん？」

黙り込む私のことを気にかけ、再び顔を覗き込んでくる馬締くん。

今度は私も彼の胸を押し離すことはせず、両手で彼のシャツの襟を掴んで〝グイッ〟と目の前に引き寄せた。真正面から目線を合わせる。

呼気が顔にかかるほどの至近距離。

不毛にドキドキしたりは、もうしない。

「任せて」

「えっ？」

「私の知識も技術も全部、きみに叩き込んであげる」

――自分の中で何かが吹っ切れた瞬間だった。

私に胸倉を掴まれていた馬締くんは、ぽかんとしたまま「お願いします」と返事をした。

彼をアルバイトとして雇い始めて三週間。勤務は週に三回ほど。

馬締くんの活躍はますます目覚ましかった。私が一度実演して見せた氷の割り方をすぐに覚えて、更にはアイスピックを使ったいろんな種類の氷の作り方までマスターしてくれた。拳よりも少し小さめに砕くランプ・オブ・アイス。直径三、四センチに砕くクラックド・アイス。そしてクラックド・アイスを砕いて粒状にするクラッシュド・アイス。氷を任せられるだけで、開店準備にかなり余裕が出る。

そして準備中だけでなく、営業時間においても大きく変わったことがある。それはお客様の変化。馬締くんが働き始める以前に比べ、女性客が爆発的に増えた。

「あれはマスター的にOKなわけ？」

今日も今日とてひとり飲みに来てくれていた柳井さんが、彼女のカクテルを作る最中の私に声をかけてきた。私は今しがたシェークを終えたシェーカーのボディとストレーナーをしっかりと持ち、カクテル・グラスに最後の一滴まで残さず注ぐ。

柳井さんが「あれ」と言って目で指示した先には、テーブル席の女性ふたりとキャッキャしている馬締くんの姿。淡いピンクのカクテルの上に砕いたナッツをまぶしながら、私は尋ねる。

「どういう意味です？」

「お宅の新入りバイトくん、露骨に女性人気がすごいんですけど」

「ええ。お陰様で女性客が増えて、売上が右肩上がりで助かってます。……あ。しゃべり声が気になりますか？　それならもう少し抑えてもらうよう言って……」

「そうじゃなくてさ～！」

「〝ピンク・スクァーレル〟です」

不服そうな柳井さんの前にカクテルを差し出す。材料はアーモンドリキュールとホワイトミントのリキュールに、グレナデン・シロップと生クリーム。砕いたナッツの香ばしさの中をほのかなミントがツンと香る、桜色の見た目が可愛いカクテルだ。

柳井さんは「わぁ～綺麗～！」とカクテルにテンションを上げつつも、先ほどの話題から離れようとしない。

「マスター的にっていうか、篠森絹的にいいのかって話よ。あなたの可愛い馬締クン、モテすぎじゃない？　そのうちガチ恋になる女の子とか出てきそう」

柳井さんの予想は当たっていると思う。馬締くんが今接客をしているテーブル席のお客様のうちのひとりは、彼目当てで一昨日の夜も単身で来店されていた。二十代半ばほどのＯＬさん。馬締くんを見つめる目も、一店員に向けるものにしては甘すぎる。

だけど私には関係なかった。

「異性のお客様とどう接するかは、馬締くんが自分で分別をつけて決めることなので」

「あれ？　意外と冷静……」

「柳井さん。私ね、心を入れ替えたんです」

「どういうこと？」

「馬締くんを男の子として意識する自分のことは抹殺しました。これからは新生・篠森絹をよろしくお願いします」

「わ〜！　だいぶキてるね〜！」

「失礼な」

こういう冗談を自分で言えるくらい、私の心は安定していた。

この三週間はとても調子がいい。馬締くんを〝アルバイトの子〟としてフラットに見ると決めてからというもの、変に心を乱されることがなくなった。その証拠に、馬締くんと女性のお客様の距離が近くてもモヤモヤしないし、私自身が馬締くんと物理的に接近することがあっても冷静に対処できている。

私は現状に安堵《あんど》し、ホッとしながら柳井さんに本音を吐露《とろ》した。

「これでよかったんだと思います」

「どういうこと？」

「恋愛感情を捨てれば、馬締くんを教育することだけに集中できるから。彼、ものすごくモチベーション高いし、筋もいいので、きちんと教えてあげないと勿体ないです。あととっても優秀だし」

アルバイトとして雇うと決めた以上は、責任をもって鍛えてあげたい。私に何が教えられるかはわからないけど、学ぶ気がある子にはできる限りのことをしてあげたいと思う。私がかつて師匠にゼロから教わったように。

柳井さんが「そんなの面白くない～」とぼやいていると、テーブル席に出ていた馬締くんがカウンターの中に戻ってくる。

「オーダーお願いします。テーブル席のお客様に〝マルガリータ〟と〝マンハッタン〟」

「わかりました。ありがとう」

「柳井さんこんばんは。何が面白くないの？」

馬締くんは私にオーダーを通すなり、耳に入ったらしい柳井さんの言葉について彼女に尋ねていた。私はこっそり柳井さんにアイコンタクトをとり、〝余計なことは絶対言わないでください〟と釘を刺す。

柳井さんはぷいと私から目をそらして、馬締くんに言った。

「別になんでも～。マスターがいつまで経っても仕事一筋だから面白くないなぁって」

「へぇ？」

「柳井さん」

核心には触れていないけど、馬締くんが興味を持ってしまったのを感じて私は焦った。それ以上深掘りされたくなくて柳井さんの名前を呼ぶと、同じタイミングで馬締くんが他のお客様に呼ばれる。

「馬締くん、ムービー撮っていい？」

彼に声をかけたのは、入口から一番近いカウンター席に座っている若い女性のお客様だった。恐らく大学生で、馬締くんよりは年上。オフショルダーのブラウスに、健康的な脚を放り出すショートパンツ。最近はこういう若いお客様も増えた。

馬締くんは柳井さんに〝ちょっとすみません〟と断りを入れて会話を離脱し、声をかけてきた女の子の前に移動する。

「ムービーって……いいけど何に使うんですか？　変なことに使わないでね？」

「やだもう！　変なことって何！　普通に友達に店教えるだけです～」

あ、待って。ムービーはまずい。他のお客様から顰蹙《ひんしゅく》を買うようなことは控えてもらわないと。

私も柳井さんに〝すみません〟と断りを入れて離脱する。私と一緒に会話を聞いていて状況を察した柳井さんは「いってら〜」と返事をしてピンク・スクァーレルを呷《あお》った。

私は馬締くんの隣に移動し、彼が接しているお客様に話しかける。

「申し訳ございません、お客様。音の出る機能の使用は控えていただけると……」

「えっ」

一度馬締くんの許可が出ていたからか、私が注意した瞬間、お客様の顔に浮かんだのは〝不満〟だった。どう説得しようか頭を働かせていると、すかさず馬締くんがフォローを入れてくる。

「スマホNGなの忘れてた！　ごめんね、マナーモードでお願いします。ムービーは無理だからその目に焼き付けてください。お友達には〝美味しいカクテルが飲めて、ついでに超イケメンがいる店！〟って紹介しといて♡」

「やだ！　それ自分で言う〜？」

険しくなりかけていたお客様の表情がパッと明るくなる。

さすがパリピ。コミュ力おばけ。すぐに相手を魅了して、距離を詰めて打ち解けてしまう。……ちょっと距離詰めすぎじゃない？　って気もするけど、今時の子はこんなもんなのかな？

お客様との距離感はそれぞれの持ち味だから、あまり口出しするべきではないと思う。でも店の雰囲気にも関わるし、もう少しかっちりした振る舞いでお願いしたほうがいい？

馬締くんへの指導をどうしようか迷っていると、彼はカウンターの中で私とすれ違いざま、こそっと耳打ちしてきた。

「ごめん絹さん。お客さんのスマホ、次から気をつけるね」

……私へのフォローまで手厚くて、なんだか逆に憎らしい。

「……うん、そうしてください。あと言葉遣いがフランクすぎるから、もう少しかっちり目で」

「かしこまりました」

馬締くんは器用に言葉遣いを変えて返事をした。ですよね。有名イタリアンでバイトしてたくらいなんだから、敬語ができないはずがない。

柳井さんの前に戻ると、彼女は深刻な顔をして私のことを待っていた。

案の定、馬締くんと私の一連のやりとりを観察していたらしい。

「あれで男として意識しないとか正気か……？」

「正気ですよ」

「だって耳打ちの仕方ヤバくない？　彼氏かよ……。あと内緒話してるときの雰囲気が完全にデキてる……」

「言いがかりです」

柳井さんのカクテル・グラスの中身が空になっていたので、「次はどうされます？」と確認した。彼女は〝ゴールデン・キャデラック〟をオーダーして、思い出したように話を振ってくる。

「言いそびれたんだけど」

「なんです？」

「さっきマスターが言った〝馬締くんを教育する〟って言葉、ちょっとエッチだよね」

「意味がわかりません……」

たまにオヤジみたいなこと言うんだよなぁ、柳井さん。美人なのに……。

私は早速〝ゴールデン・キャデラック〟を作り始める。たくさんのハーブとスパイスが配合された黄金色のリキュール〝ガリアーノ〟と、カカオ・リキュールと生クリームと氷をシェーカーの中に入れ、シェークする。

心を乱したりはもうしないのだ。

馬締くんが何をしても。柳井さんから何を言われても。

私は粛々とカクテルを作り続け、馬締くんを教育する。

漆谷《うるしだに》さんが来店されたのは、馬締くんがうちでアルバイトを始めて一カ月が経とうという日だった。ピークタイム真っ只中の夜九時過ぎ。

馬締くん目当ての女性客がちらほら目立つ中に、その人は現れた。

「いらっしゃいませ」

馬締くんがすぐに気付いて出迎え、席に案内しようとしてくれた。私はオーダーされたカクテルを作りながら今来たばかりのお客様の顔を確認し、馴染みの人だと気付いて声をかける。

「漆谷さん、お久しぶりです。こちらへどうぞ」

「こんばんは篠森さん。突然悪いね」

漆谷さんは手荷物を馬締くんに預けると、仕立てのいいスーツを少し着崩して私が指定した席——入口から見て一番奥のカウンター席に座った。

彼に気付いた人から順番に、店内の女性客たちが静かに色めき立つ。

漆谷さんは三十代半ばの、知的なオーラが漂う美丈夫だ。ラグジュアリーなスーツブランドのカタログからそのまま飛び出してきたかのようなスタイルの良さと、お洒落なスーツの着こなし。そして人気の俳優によく似た人懐っこい目と、アンニュイな雰囲気。それが女性の目を惹くのはいつものことだった。

私は馬締くんに〝私が対応します〟とアイコンタクトを送り、漆谷さんにおしぼりを手渡す。

「ご注文はいつものでよろしかったですか？」

「ああ、頼むよ。篠森さんが作ったものじゃないとしっくりこなくてさ」

「恐縮です」

　私はこれから作るカクテルの材料を準備しようとして、必要なもののうちのひとつがバックヤードにあることを思い出した。一度店内を見回してオーダー待ちのお客様がいないことを確認。店の奥へと引っ込む。

（確かあの棚の中に……）

　あまり使う機会がないのでいつもは棚の中にしまってある。目的のものが入っている小箱は、私の身長より高い位置にあった。頑張れば届きそうで背伸びをして指先を伸ばすが、微妙に届かない。

（……困ったな）

　これは脚立がないと無理かも。でも脚立は確か、別の用事で使ったから店の裏手に置いてあるはずだ。取りに行くしかないかな。

「取ろうとしてるのコレ？」

「あ」

　諦めて手を引っ込めようとしたのと同時に、大きな手が私の指先を越えて目的の物を捉えた。いつの間にか馬締くんがバックヤードに入ってきていて、私の後ろから背伸びをして棚の上の箱を取ってくれた。

腕を追うように振り返ると「はい」と小箱を手渡される。

「ありがとう。助かったわ」

前と同じように背中に密着されても、もう狼狽えたりしない。

御礼を言いながらにっこり笑って、〝自分に言い聞かせ続ければ案外慣れるものだな……〟と思いながら、馬締くんから小箱を受け取ろうとした。

しかし私が掴んでも、彼はなかなか小箱から手を離してくれない。

「……えっ、何？」

「いや……」

馬締くんの表情はどことなく暗かった。さっきまでいつもと変わらずに明るく接客していたはずだけど、何かあったんだろうか？

彼の様子が気になる一方で、ふたりともがバックヤードにいるこの状況が気がかりだった。漆谷さんのこともお待たせしているし、早くカウンターに戻らないと。

そう思ったタイミングで、馬締くんはまさにその名前を口にした。

「あの〝漆谷さん〟ってお客さん、何？」

思わぬ質問に、私は一瞬ぽかんとしてしまう。

「何、とは……？」

「大抵のお客さんの案内は俺に任せてくれるのに、あの人だけ絹さんが自分で対応するって言うから。初めてのケースだし、何だろうって」

「……ああ」

言われてみれば疑問に思うのも頷ける。

けど……なんか馬締くん、怒ってない？

（気のせいかな……？）

妙な違和感を覚えつつ、私は手短に答えた。

「漆谷さんは……ちょっと、特別なお客様だから」

「特別……？」

「うん。また後でちゃんと説明する」

今はオーダーを受けてお待たせしている状態なので詳細な説明は省く。馬締くんもそれで納得してくれたようで、「わかりました」と言って小箱から手を離してくれた。

カウンターに戻るなり、私は作業台の上に必要な材料を揃えた。漆谷さんの〝いつもの〟一杯に必要なもの。ドライ・ジンと搾ったライムジュース。通常、シュガー・シロップを加えてお出しすることもあるけれど、漆谷さんが飲むものには入れないことになっている。

使う道具はメジャー・カップとシェーカー。

私がカクテル・グラスに氷を入れて冷やし始めたタイミングで、漆谷さんが話しかけてきた。

「前に来たときからちょっと客層が変わった？」

「そうですね。最近は女性のお客様が増えました」

「だよね。それも、若いお嬢さんが増えたというか……その辺をターゲットにしたメニューの提案でも始めたの？」

「いえ。特に、そういうわけではないんですが……」

思わず、馬締くんのほうに目を向けてしまった。

（あれ？）

一瞬目が合ったような気がしたけど……。今はもうテーブル席のお客様たちと談笑していて、彼は私のほうなど見ていない。

詳細を説明するまでもなく、漆谷さんは「ああ」と納得して相槌を打った。

「彼が客層を変えてしまったのか」

「ええと……」

口振りからして快く思っていないことは明らかで、馬締くんに矛先がいくのを感じた私は話題を変えようとした。けれど漆谷さんは既に馬締くんをロックオンしていて、食い気味に尋ねてくる。

「アルバイトなんて前は雇っていなかったよね。彼はどういう関係の子？」

嘘をついても仕方がないので、正直に答える。

「元々はうちのお客さんでよく通ってくれていたんです。〝カクテルの勉強をしたい〟と言うので、まずは試用期間で入ってもらっていて」

「ふーん……ああいう子はどうだろうね。女性にちやほやされて喜んでいるようじゃ安い感じがする。この店よりボーイズバーとかのほうが向いてるんじゃない？」

いや、でも実際はすごく真面目ないい子なんですよ。

機転も利くし、気配りもできるし、仕事は丁寧だし。

……と、反論の言葉は口を開けばいくらでも出てくるが、言ってもいいものか迷って黙ってしまった。どれも本当に思っていることだけど、全部言うと肩入れしすぎ？なんか、私が馬締くんに特別な感情を持っているように見えたりとか……。

「何か俺にご不満でも？」

ふと隣に目を向けると、テーブル席での接客から戻ってきた馬締くんが立っていた。私の隣に立ち、カウンター越しに漆谷さんに話しかけている。

（あれ？）

なんでそんな喧嘩腰なの？　いつもはもっと、礼儀正しく自己紹介してるじゃない。

対する漆谷さんも、馬締くんに負けじとわざと鼻につくような返事をする。

「もしかして今の会話が聞こえていたかな？　これは失敬。マスターとの密談のつもりだったんだが……」

「ボーイズバーに移る気は微塵もないです」

「それは残念だ。絶対に向いているのに勿体ない」

「何を理由にそんな風に言われてんですかね？」

「ちょっと、馬締くん……やめなさい」

食ってかかろうとする馬締くんの肩に手をかけて彼を止める。正直内容的にどっちもどっちな会話だと思ったものの、立場的に私は馬締くんをたしなめないといけない。

彼は私が止めたことがショックだったのか、一瞬〝なんで⁉〟となんとも言えず苦しそうな顔を見せて、ふいと顔をそむけた。

「空いた席片付けてきます」

そう言って濡れた布巾とトレイを手に、彼はカウンターを離れていった。

今日の馬締くんはやっぱりちょっと変だ。今まで彼の接客を見てきた限りでは、酔ったお客様から嫌な絡み方をされてもそつなく躱していた。今みたいに逆に突っかかっていくことなんて絶対になかったのに。

馬締くんの意外な一面に動揺しつつ、とりあえず私は漆谷さんにお詫《わ》びをする。

「すみません、漆谷さん」

「いや。構わないさ」

「でも今のは漆谷さんも大人げなかったです。次はやめてください」

「ははっ。相変わらずはっきり言うなぁ篠森さんは。了解です」

お客様を大事にすることと自分たちを下に見ることは違うと、私の師匠も言っていた。道理に合わないと思えば相手がお客様でも物申すこともある。それに、漆谷さんは本来とっても常識的なお客様だ。今のは新入りの馬締くんをからかっただけ。

私がシェーカーのボディの中に材料を入れ始めると、漆谷さんは独り言を言うようにぽつりとこぼした。

「あの様子じゃ、彼はきみにまで気がありそうだ。最近の若い男は気が多いのかな」

「そういうのじゃありませんよ。少なくとも私には」

返事に合わせて材料をすべてボディの中へ注ぎ終える。手早く氷を詰めて、その上にストレーナーを被せ、更に蓋となるトップを被せたタイミングで、漆谷さんが私に言った。

「ああいう男には引っかからないようにね」

私はシェーカーを胸の前に構えながら、笑って返事をする。

「肝に銘じております」

そして始めるシェーク。

シェーカーの中でドライ・ジンとライムジュースと氷が混ざり合っていく。その間は漆谷さんも黙っていた。〝ジャカジャカ〟と重たい氷がシェーカーの内壁にぶつかる音を聞きながら、トップを押さえている親指から感じる温度、冷えて白くなっていくボディの様子から振り終わりを判断する。急には止めず、ゆっくりと車のブレーキを踏むように徐々に減速し、動きを止める。これは急激な動きの変化で中の氷に必要以上の衝撃を与えないため。

トップをはずしてストレーナーを押さえながらグラスに中身を注ぐ私に、漆谷さんはご機嫌な様子で話しかけてくる。さっきの言葉の続きだった。

「あんな若造を相手にするくらいなら、私とかどうだろう？　自分で言うのもなんだけど、なかなかな優良物件だと思うんだ」

漆谷さんは一流商社に勤めていて、年齢的にも異例の出世を遂げているらしい。内側から自信に溢れていて、誰の目から見てもイケメンで、その上物腰も柔らかい。

確かに彼は自分で言っても許されるほどの優良物件なのかもしれない。こと私みたいな未婚のアラサー女にとっては。

だけど漆谷さんの言葉は冗談だ。

私はさっき馬締くんに取ってもらった小箱の中からある物を一本取り出し、カクテルに飾りつけた。漆谷さんのコースターの上にのせて差し出す。

漆谷さんは相変わらずご機嫌で、満足そうに笑って言った。

「私はほら、とっても一途な男だからさ」

霧がかかったような半透明の白濁のカクテル。そのグラスに〝スボ手牡丹《ぼたん》〟という種類の線香花火を仕込んだ。スボ手牡丹は藁《わら》でできているので、和紙でできた線香花火とは違い、先端を斜め上に傾けて使用する。

グラスから飛び出た火薬部分に火のついたマッチを近づけた。

私も漆谷さんに微笑み返す。

「よく存じ上げていますよ」

五秒ほどで火花が枝状に広がり始めてパチパチと瞬く。先端では火球が丸く膨れあがり、表面が煮えたぎっている。ぐつぐつ、ぐつぐつ、と。

もうここにはいない人への気持ちが、今も変わらず、熱く血の通ったものであることを証明するかのように。


その日のピークタイムが過ぎた夜の十時。

漆谷さんも帰られて、他のお客様も一旦完全に引けてお店の中が空っぽになった時間に、馬締くんが話を振ってきた。

「あの漆谷って人、絶対絹さんに気があるでしょ」

「えっ？」

カウンターの中で、私は洗い物をしていて、馬締くんはバック・バーの掃除をしながらリキュールの種類を憶えているときのことだった。彼が手にいつものメモ帳を持ってバック・バーに並ぶスピリッツやリキュールを見つめながら話し始めたので、私は一瞬、仕事の質問をされたと錯覚して混乱した。

目を合わせないまま、馬締くんは言う。

「やたら親密そうだったし、絹さん口説かれてたよね？　〝私とかどうだろう？〟とか〝優良物件〟とか、断片的にしか聞こえなかったけど」

「あー……」

誤解を招きそうな部分だけしっかりと聞き取られていて、少しバツが悪かった。

そういえばさっき、馬締くんには漆谷さんのことを「また後でちゃんと説明する」って言ったんだったっけ。バーテンダーの仕事を馬締くんに説明する上でも、漆谷さんのことは話しておいたほうがいいと思っていた。

お客様がいない今がいいタイミングかもと、私はシンクの水を止めて手を拭いた。

馬締くんに向き直る。すると、思った以上に顔が近くにあってびっくりした。

「えっ」

「〝あー〟じゃなくて」

馬締くんのメモ帳が〝カサッ〟と床の上に落ちる。しかし彼はそれを拾わず、手は私の逃げ場を奪うためにカウンターテーブルへと突いていた。

「はぐらかさないでちゃんと説明して」

今まさに説明しようと思っていたところなのになぜか詰め寄られている。目と鼻の先にある馬締くんの顔は不機嫌を隠そうとしていて、でも隠せていなくて、息遣いが大きい。

とっさに私は自分の心臓のあたりを手で押さえた、ドキドキなんてしてない。びっくりしてるだけであって、これは決して、ドキドキしているわけではない。

心を乱したりは、もうしないのだ。

私は大きく息を吐いて緊張を逃がし、真面目な顔を作って彼に語りかける。

「馬締くん」

「〝いつもの〟って注文してたけど、あの漆谷さんって人は別に常連じゃないよね？　俺、この店で見かけたことないし」

「ちょっと」

「絹さんも〝特別なお客様だ〟って言ってたから実は絹さんの元カレとか？　なら早

く言ってよ、水臭い。そうと知ってたら俺だって――」

「話を聞いて!!」

私がぴしゃりと言い放つと馬締くんは口を噤んだ。それまで饒舌だった彼が黙ると店の中がしんと静かになる。叱るべき点が見つからないほど優秀な馬締くんに対して、声を荒げたのはこれが初めてだった。

彼は冷静になったのか「ごめん……」と言って包囲を解く。

変にドキドキしたりしないで、私は馬締くんにちゃんと教えてあげたいことがある。

「〝特別なお客様〟っていうのは私の言い方が悪かった。誤解を招く言い方してごめん」

「誤解?」

「うん」

本当の意味では特別なお客様なんていない。綺麗事ではなく、店にいらしてくださる方は誰でも等しく大切で、私たちが一生懸命頭を捻って心を尽くすべき相手だ。

私の使った言葉には語弊《ごへい》があった。人に教える立場にある以上、言葉は正しく使わなくちゃいけないなと、反省する。

「正確には〝特別な一杯のお客様〟って言うべきだったわ。私が今日漆谷さんに出したカクテル、何だかわかった?」

「わからなかった。材料は見てたから、あとでネットで調べようと思って……」

そこは私に訊いてくれないんだ……と寂しく思う一方で、それも馬締くんの美点だと思った。たぶんさっきのカクテルのことに限らず、彼はわからなかったことや疑問に感じたことを全部メモしておいて後で調べている。とっても真面目で、勉強熱心な男の子。

私はさっき使った道具とドライ・ジン、ライムジュースを作業台の上に準備しながら解説を始める。

「せっかくだから馬締くんも覚えて。漆谷さんが〝いつもの〟って言ったら、それはギムレットのこと」

「ギムレット？」

「レイモンド・チャンドラーの『長いお別れ』って小説知ってる？」

「知らない」

「だよね」

ギムレットというカクテルを一躍有名にしたのが、アメリカの作家、レイモンド・チャンドラーのハードボイルド小説『長いお別れ』に登場する「ギムレットには早すぎる」というフレーズ。カクテルのエピソードとしてはメジャーだけど、普通の大学生は知らなくても不思議じゃない。

「村上春樹さんが和訳したやつがバックヤードにあるからよければ読んでみて。お客様との話の中でもたまに出てくると思う。新訳版のタイトルは『ロング・グッドバイ』」

彼は床に落としたままだったメモ帳を拾い上げ、本のタイトルを書き込んでいた。

馬締くんのことだからほんとに読んでくれるんだろうな……。

私は実際にギムレットを作りながら解説を続ける。

「ジンを使ったものの中でも人気で、ライムがガツンと効いた飲み口にキレのあるカクテルです。使うのはドライ・ジンとライムジュース。割合は三対一」

言いながらメジャー・カップで計った材料をそれぞれシェーカーの中に入れていく。

馬締くんがメモする手を止め、私の手元を注視する。

「同じ材料で氷を入れてオンザロックで飲むと〝ジン・ライム〟になる。それがシェークをすることで〝ギムレット〟に名前が変わる」

「へぇ……」

「しっかり振って混ぜ合わせることでジンの刺激が和らいで飲みやすくなるの。だからジンが初めてっていうお客様にもよく〝ギムレット〟をお出しする」

言いながらボディにストレーナーとトップを被せ、シェークを始める。漆谷さんにお作りしていたときのようにじっと黙って、ガチャガチャとシェーカーの中で踊る氷の音を聞きながら、指先が感じる温度と、ボディの変色に意識を集中させる。マイルドにするために多めに振って、四十回ほど。

振り終わったらトップをはずし、ストレーナーを人指し指で押さえながらグラスに中身を注ぐ。一度水切りの要領でシェーカーを上下に大きく振って、最後の一滴まで残さず注ぎきる。

できあがった美しい白色のギムレットを馬締くんに差し出した。

「今日はもうあがってもらうから飲んでいいよ」

彼はカクテル・グラスを手に取り、ひと口。

最近はカクテルにも飲み慣れてきたであろう馬締くんが、苦そうに眉をひそめる。

「っあ……酸っぱ！」

「そう。搾ったライム果汁を使うと甘さが全然ないから、いつもは少しシュガー・シロップを入れてる」

「なんで今回は抜いたの！　もしかして意地悪……!?」

「まさか」

意地悪で砂糖を抜くという発想が面白くて笑ってしまった。

シュガー・シロップを抜いてほしいというのは漆谷さんのオーダーだ。

そしてここからが馬締くんに考えてほしい話。

「あの人が飲むギムレットに甘さは必要ないんだって。これは切ないお酒だから」

「切ないお酒？」

「あのね、馬締くん」

「うん」

「バーテンダーはレシピどおりにカクテルを作るだけが仕事じゃないんだよ」

馬締くんの純粋な目が、大きく丸くなっていく。

私には指導経験がないし、人に教えるのはたぶん向いてない。説明もさして上手じゃない。だけどどうにか、馬締くんには伝えたい。

「漆谷さんは十年前に奥様を亡くされててね」

「え……十年前って、あの人まだ……」

「うん。十年前だとまだ二十代半ばで、結婚して間もなかったんじゃないかな。それから漆谷さんは一年に一度この時期にやってきて、奥様を偲《しの》ぶギムレットを注文されるの」

「……じゃああの線香花火は」

「お線香がわりみたいなものね」

漆谷さんは今でも亡くなった奥様一筋だ。

ギムレットの酒言葉は〝遠い人を想う〟。

冗談を言って私を口説いて見せても、彼は自分で言っていた通り〝とっても一途〟。そうでなければ、住まいから遠く離れたこの店に毎年通ったりはしないだろう。それも十年近くも。

私の店『BAR・Silk Forest』をオープンさせたのは今から一年前で、それ以前のこの場所にはまた別のバーが入っていた。そのバーは二十年以上続いた隠れ名店で私も修行時代にお世話になった。

漆谷さんはマスターが私に変わってからも習慣を変えず、思い出の店の後身であるこの店に足を運んでくれている。

そういった経緯を馬締くんに伝えると、彼は気の抜けた様子で「そっか……」とこぼした。

「なんか……食ってかかったりして、悪いことしたかも」

「そうだね。漆谷さんみたいな事情がなくても、お客様にあの態度は普通にダメだから気をつけようね」

「ごめん、絹さん」

「その言葉遣いも」

「すみません」

「よろしい」

私は小さく息をついた。

漆谷さんが馬締くんに対して嫌みっぽかったのは、まだ彼のことを認めていないからというのもあるんだろう。あの人は思い出の店の品位を下げられるのが嫌なんだ。馬締くんは根が真面目でこれから絶対育つのに、漆谷さんはそうは思っていない。

（どうすれば認めてもらえるんだろう……）

私はしばらく考えた。漆谷さんはこの時期、出向先のインドネシアから戻って十日間だけ日本に滞在し、この店にも何度か訪れてくれる。

来年のことなんてわからない。馬締くんはもうこの店にいないかもしれないし。

それなら、なんとか今年、この十日間のうちに漆谷さんに馬締くんを認めてほしい。

そのためにはどうすればいい？

「……あの、絹さん？」

馬締くんがおずおずと声をかけてきたタイミングで思いついた。

うん。これしかない。

自分の中で納得し、早速彼に切り出した。

「そろそろ試用期間は終わりにしようか」

「えっ……じゃあ本採用!?」

パァアッと表情を明るくした馬締くんはとっても可愛いけれど、違う。

そうじゃない。

私は「ううん」と否定する。本採用かどうかは馬締くん次第だ。

「本採用にする前に、最後にひとつ試験をさせてほしい」

「……試験？」

「馬締くんには〝漆谷さんにお出しするアプリコット・フィズ〟を作ってもらいます」

――きみがギムレットの話から何かを感じ取ってくれていたら、私は嬉しい。

五杯目　切実なアプリコット・フィズ

自分で言うのもなんだが、俺は器用なほうだと思う。

目で見て一度で覚えられるような天才タイプではないものの、愚直にメモをとることでだいたいのことは記憶する。その証拠に、Silk Forestでバイトを始めてから絹さんに道具や酒の扱いについて怒られたことは一度もない。

それくらい器用で、わりとなんでもそつなくこなす。勤務態度も一部の言葉遣いを除けば悪くなく、更には女性の集客効果もある。

つまり何が言いたいかというと、俺はこのバーでかなり〝使える奴〟ポイントを稼いだのではないか、ということだ。教えてもらったことは懸命に覚えるし、今ではひとりで氷の処理ができる。カクテルのベースになる酒やリキュールの種類もだいぶ覚えた。常連さんの名前や特徴も、かなり頭に入っている。

絹さんが手放そうにも手放せないくらい役に立つことが当初の目標だった。そしてその目標はなかなかいい具合で達成できてきている、と。これは絹さんから「正式によろしくね」と試用期間終了を言い渡される日も近い、と。

俺が勝手にそう思い込んでいたところに、絹さんがおごそかな顔で言った。

『本採用にする前に、最後にひとつ試験をさせてほしい』

口振りからして、合格することが百パーセント決まっているゆるゆるの試験じゃないのは明らかだった。

〝あ、これ普通に落とされるパターンあるやつだ〟と察した俺は戦慄。

……あんなに頑張ったのに!? 試験でダメなら簡単に俺をポイするの？ そりゃないよ絹さん！ ――と情けない文句を垂れそうになるのをグッと我慢して、試験の内容が告げられるのを待った。

『馬締くんには〝漆谷さんにお出しするアプリコット・フィズ〟を作ってもらいます』

そう言われて、〝そりゃそうだよな。俺はカクテルの勉強をするために弟子入りしたんだもんな〟と妙に納得した。

「で、純ちゃんはもうそのアプリコットフィズを作れるようになったわけ？」

「バッカ、舐めんな。昨日の今日でできるかよ」

珍しく二連勤となった二日目。岡嶋が店にやってきた。

岡嶋は一度絹さんの作るモスコミュールに衝撃を受けてからバーに目覚めたようで、

この店にもたまに顔を出している。

今は注文をとるついでに少し雑談をしていたところ。岡嶋から「もうカクテル作らせてもらってんの?」と訊かれたので、昨日出された課題のことを手短に説明した。

「アプリコットフィズかぁー……飲んだことないや。どんな酒なんだろ?」

「実は俺もないんだよ。あんずのカクテルらしいんだけど」

課題を出された昨晩のうちにネットで少し調べてみたが、あんずのリキュールとレモンジュースを炭酸で割ったものらしい。色は琥珀色で、使うグラスはタンブラー。

奇抜な見た目をしているわけでもなく、正直俺は〝なんでこれが最終試験?〟と思った。——が、材料の下に書かれた作り方の記述を見て、それもなんとなくわかったような気がした。

アプリコットフィズの作り方は〝シェーク〟。シェーカーを格好よくシャカシャカ振るあの工程が発生すると知り、俺の中で一気にハードルが上がった。そこは使う道具の少ない〝ビルド〟からじゃないのか……。絹さんは俺を落第させたいのかな……。

「あんずか。それなら俺も飲めるわ。じゃあアプリコットフィズひとつ」

「あ、そう?」

オーダーを通そうと絹さんのほうを見ると、彼女は俺たちの会話を聞いていたようで、既にあんずのリキュールをピックアップしていた。

「他にお客さんもいないし、よければ近くで見ますか？」

「え、見たい！」

開店直後の早い時間ということもあって、今日の客はまだ岡嶋ひとり。岡嶋はカウンターチェアから降り、絹さんが作業する場所に一番近い席を陣取る。俺も岡嶋のすぐそばに立った。

「馬締くん。アプリコット・フィズのことちょっと調べた？」

「ああ、うん。少しだけ」

「じゃあカクテルの名前についてる〝フィズ〟ってどういう意味かわかる？」

「えーと……確か、ロング・ドリンクを作るスタイルの一種で、酒に柑橘類と砂糖を足してソーダで割ったもの……をフィズっていうんだっけ？」

「正解。なんだ〜さては結構予習したな？」

「してませーん」

必死だと思われたくなくて、うろ覚えであるかのように答えてみたが、結局バレてしまってバツが悪い。はいはい予習しました〜。悪いかよ。課題が出されたんだからできることから始めるだろ、普通。

そうこうしている間にも、絹さんは無駄のない流れる所作でカクテルを作っていく。

あんずのリキュールと搾ったレモンジュースをメジャー・カップで計ってシェーカー

の中に入れ、そこにバー・スプーン一杯分のシュガー・シロップ。

すべて入れたらストレーナーとトップを被せてシェーク。涼しい顔でシャカシャカと振って、ある程度振ったところで迷いなく減速し、シェーカーのトップをはずして中身を氷の入ったグラスの中へ。

最後にソーダでグラスを満たし、軽く掻き混ぜた。

「アプリコット・フィズです」

そうして岡嶋の前に差し出されたカクテルにはレモンのスライスが飾られている。

そばで見ていると本当に一瞬。ノンストップで動く絹さんの動きを目で追っている間に、カクテルはいつの間にか完成していた。

これを俺がやるの？

マジで？

まったくできる気がしなくて途方に暮れる。

「いっただっきま〜す」

出されたアプリコットフィズに岡嶋が口をつける。

パチパチと炭酸のはじける音。ゴクゴクと喉を通っていく音。

グラスから口を離した岡嶋はぎゅっと眉根をひそめた。

「あーおいし〜……お姉さんやっぱ炭酸入れるのうますぎ……」

「それはよかった」

「さっぱりしてて爽やかなのに、甘い匂いがする。……ココナッツ？　アーモンドとか、そういう系の……」

「杏仁豆腐の匂いに近いってよく言うね」

「あ～それだ！」

杏仁豆腐か……と、俺はふたりのやりとりを聞きながら考えていた。

頭に漆谷さんの、あのいけ好《す》かない顔を思い浮かべる。

あの人がそんな甘いカクテルを好んで飲むか？

ギムレットから砂糖を抜くようリクエストした話の印象が強くてなんだか腑に落ちない。それには〝切ないお酒だから甘さはいらない〟という理由があったみたいだけど、それにしたって……。

僅かなひっかかりを覚えたものの、次の岡嶋の言葉ですべて吹っ飛んだ。

「ところで、お姉さんはもう馬締とヤったんすか？」

は？　と思って岡嶋を見るにとどまった。何を言っているのか理解できなかったからだ。絹さんも理解できなかったようで、使った道具をシンクへ下げながら首を傾げている。

「何をでしょう？」

「またまた〜すっとぼけちゃって！　子どもじゃないんだから！」

そこまで聞いてめちゃくちゃ嫌な予感がした。〝まさか〟と思ってとっさに岡嶋の口を手で塞ごうと思ったが、間に合わない。

「だってこいつ超ヤリチンだもん。急にバーで働きたいなんて絶対下心あるわ〜って！」

岡嶋ああああああぁぁっ!!

ここがバーでなければ叫んで、岡嶋に掴みかかっていたと思う。すんでのところで我慢したのは絹さんに見限られたくなかったから。

何より気になったのは絹さんの反応だ。俺はひと言も発せず、生きた心地がしないまま絹さんのほうに顔を向ける。

彼女のリアクションは淡白なものだった。

「そうなんだ」

「待っ」

「残念ながら私はヤってないけど。そっか、馬締くんそうなんだ〜」

「違っ」

絹さんはいつもと変わらず、にこっと笑って。

「他のお客様が来たらそういう下品な話はやめてね。私、ちょっと店の外の掃除してくるから、馬締くんここの片付けお願い」

「ちょっ……」

取り付く島もないまま、絹さんは重厚なドアを開けて店の外へ出ていってしまった。

岡嶋とふたり取り残された店の中で、俺は立ち尽くす。

(今何が起きたんだ？)

絹さんにヤリチン認定された？　ちょっと気になったのは絹さん「残念ながら私はヤってないけど」って言わなかった？　〝残念ながら〟って何!?　言葉のあやだとわかってるくせに、深い意味があるんじゃないかと勘繰ってみたり。

ショックと驚きでその場に固まっていた俺に、岡嶋がアプリコットフィズを飲みながら話しかけてくる。

「まだ純ちゃんが手ぇ出してないなんて珍しくない？　もうとっくに食ったと思ってた～」

「……岡嶋あああああぁぁっ!!」

「あいたっ！」

掴みかかりはしなかったが、岡嶋の後頭部を思い切りはたいた。

「お前っ……俺が絹さんのこと好きって知っててなんであんな余計なこと……！」

「えー？　でも純ちゃん、クラブでは女の子の前でも遊んでる雰囲気出してたじゃん。〝ヤリチンにヒくような女はパス〟とも言ってたし……」

「それはっ……そう、だけど……違うんだよ!!」

「えー意味わかんねー」

遊んでる雰囲気を出していたのは童貞を隠すためのカムフラージュで、〝ヤリチンにヒくような女はパス〟と言ったのは誰とも付き合う気がなかったからだ。だって、ヤリチンって知ったら大抵の女の子はドン引きして〝コイツはないな〟って俺のこと恋愛対象からはずすだろ。そういう狙いで演じてたのに。

過去の自分が仕込んだどうでもいい小細工のせいで、絹さんを幻滅させてしまったかもしれない。っていうか確実に。俺だってヤリチンの男とかヒくもん……。

岡嶋は悪びれることなく言う。

「相手は経験豊富そうな大人の女なんだしさ。〝ヤリチンなんだ～〟って意識してもらったほうがチャンス増えるかもよ？」

「増えるかアホ……」

両手で顔を覆ってその場にしゃがみ込んだ。これはダメージがでかい。弁解したところで証明のしようがないし、逆に嘘くさくなりそう。

（最悪だ）

ここ最近は仕事に真面目なところを見せて、株を上げつつあったのに。

どうしよう。口きいてくれなくなったりとかしたら……。

「純ちゃーん。ごめんてー」

「心がこもってない……」

「本気の相手だとそんな風になるんだな！　おもしろ〜」

「面白くない……」

何も面白くなんかない。


その後、程なくすると他のお客さんがやってきて、徐々に座席が埋まりそのままピークタイムを迎えた。この日はいつも一旦落ち着くはずの十時過ぎも客足が途絶えることなく続き、俺はなかなか絹さんに弁解することができなかった。

ひと息つけるようになったのは日付が変わる少し前で、その頃には〝もういらんこと言わんほうがいいのでは……〟と、蒸し返すのはやめておこうという気持ちに。

「お疲れさま。今日はやけに忙しかったね」

「お疲れっス」

「〝お疲れさまです〟」

「お疲れさまです」

「よろしい」

言い直したあとに必ず言われるこの〝よろしい〟の言い方が好きだ。口調は偉ぶってるのにちょっとお茶目で、機嫌よく言ってくれる感じが最高に可愛い。——と伝えると、もう言ってくれないかもしれないので黙っている。

〝わざとだったの?〟と怒られてしまうかも。

(それもいいな……)

怒った顔も絶対可愛いしな……。

不純なことを考えながら、絹さんが作ってくれた賄《まかな》いのカレーを食べる。

出会った日に食べさせてもらったカレーと同じ。スープカレーみたいに透き通ったオレンジ色で、シャバシャバしている。油分が少なく、スパイスがしっかり効いてて食欲を誘う。こんな夜中にもぺろっと食べられる。

今日のトッピングはカマンベールチーズの燻製だった。今回もあのときと同じ林檎のウッドチップを使ったようで、まろやかな食感とコク、風味の中に、若干の甘やかさがある。

「ご馳走様でした」

綺麗に平らげたあとの皿とスプーンをシンクに運び、水を流して洗剤とスポンジを手に取る。するとテーブル席で帳簿《ちょうぼ》をつけていた絹さんが顔を上げた。

「あ、いいよ馬締くん。洗っておくから置いといて」

俺は構わずスポンジを泡立て、カレー皿の汚れを落としていく。

「自分が使った食器くらい洗うし」

「絶対そう言うよね……」

「あと、さっきの。アプリコットフィズ作るとこ、もっかい見たい」

「もう一回見るの?」

「前からしか見れなかったから」

個人的にカクテル作りを見せてもらうときは後ろから、絹さんの視点で見せてもらうのが習慣になっていた。ただ、言ってから〝あっ!〟と気付く。さっきヤリチン云々《うんぬん》の話で少なからず軽蔑《けいべつ》されたところだし、却下されるかも……。「近寄らないで」とか言われたらかなり傷つく。メンタルを保っていられる自信がない。

洗ったばかりの皿を布巾で拭きながら、おそるおそる視線を上げる。絹さんの様子を確認すると彼女は「そっか」と言いながら椅子から立ち上がり、手を組んで〝うーん〟と大きく伸びをした。

「じゃあ、さっさと一杯だけ作っちゃうか!」

……あれ？　あんまり気にしてない感じ？

俺が拭いた皿とスプーンを元あった場所にしまっている間に、絹さんはてきぱきとアプリコットフィズを作る準備を始めた。やることはさっきと一緒。あんずのリキュールと搾ったレモンジュース、シュガー・シロップを作業台の上に並べ、バー・スプーンとメジャー・カップ、シェーカーをバーカウンターの上に用意する。使うグラスはタンブラー。

「あんずのリキュールにも種類があってね。あんずの種子を砕いて果肉と一緒に発酵させて蒸留したものに、アルコールや糖分、香料を加えて作られたものが〝アプリコット・ブランデー〟」

絹さんはいつも、歌うようになめらかに説明する。

「あんずの種子をブランデーに浸して成分を抽出したものに、ハーブのエキスを配合して、糖分を加えて作られたものが〝アマレット〟。今回使うのはアマレットのほう」

「味はどう違うの？」

質問しながら吸い寄せられるように絹さんの背中に張り付く。彼女の手にはアマレットのスクエア型のボトルが握られていた。口の部分には大きめの黒くて四角いキャップが嵌まっている。リキュールの中でもボトルの見た目がスタイリッシュで格好いい。ラベルには〝DISARONNO〟と書かれていた。

「そうねぇ。アプリコット・ブランデーは結構フルーティーな感じで、このアマレットはハーブの他にバニラビーンズのエキスも入ってるから、甘いのにどこかほろ苦いというか……味や香りに深みが出るのが違いかな」

「なるほど」

「嗅いでみて」

絹さんは自分の肩口から顔を出している俺の鼻先に、キャップをはずしたアマレットのボトルの注ぎ口を近づけた。

〝体勢的にご飯の味見させる新婚夫婦みたい……〟などと思ってドキドキしながら、そろりとアマレットの匂いを嗅いでみる。

「……わぁ～おぉっ……」

変な声が出た。

「いい香りでしょ？」

「うん。すごい上品……」

心が攫《さら》われそうな、ふんわりと上品な香りがした。杏仁豆腐のように甘く芳醇で、けれど甘ったるくはなく、アーモンドを思わせる香ばしさとほろ苦さが残る。

絹さんはアマレットのボトルを俺の鼻先から離し、そのままメジャー・カップで計量した。分量は四五ミリリットル。大きい側のカップがいっぱいになるまで注ぎ、くるっと奥側へひっくり返してシェーカーの中へ。

「こぼさないようにって慎重になりすぎると、逆に量が少なくなって味のバランスが変わるから気をつけて。今回の場合は縁いっぱいまで。分量は正確に」

「はい」

メジャー・カップのくびれ部分を挟んで持っている中指と人さし指は、ほっそりと繊細だ。アマレットと同じように搾ったレモンジュースをメジャー・カップで計量する様子を観察しながら、俺は体の横でこっそり絹さんの片手の動きを真似る。指の間に挟んだメジャー・カップを操ることを意識して、彼女と同じタイミングで〝くるっ〟と手首を返す。

「やりにくかったら最初は指で挟まないで普通に持ったらいいよ」

「やだ。絹さんの持ち方のほうが格好いい」

「馬締くんは格好つけだなぁ」

（あ）

絹さんが「ふふっ」と笑うと、体が少し揺れるのに合わせて髪からふわっと匂いがした。後ろから彼女の手元を観察している今の体勢では絹さんの顔がすぐそばにあって、俺がほんの少し顔の向きを変えれば、絹さんの耳の裏の匂いを嗅ぐことができる近さ。

（……ヤバ。いい匂い……）

さっきのアマレットの匂いとも違ってクラクラした。俺はこの匂いを知っている。林檎のような、甘く柔らかくて上品な香り。ただの林檎ではなく、芳醇なスモーキーさが混ざる大人の匂い。これは燻製に使う林檎のウッドチップの香りだ。

この香りを嗅ぐと、俺は自然と絹さんのカレーを思い出して食欲をそそられる。さっき食べたばかりだというのに〝じわっ〟と口の中に唾液が広がって――食欲と性欲が似ているって話は本当か？　絹さんの背中にくっつくたび、毎回こうなんだけど。もしかして俺、毎回絹さんに欲情してたんだろうか……。

どうしようもない気持ちになって、後れ毛がはらりと出ているうなじに顔をうずめたい衝動に駆られる。このまま腕をちょっと前に回せばこの体を抱きしめられるけど、我慢する。

そんなことしたら〝やっぱヤリチンだったか〟って思われるよな……。

何より、今はカクテル作りを教わってるところだし。

「ねぇちょっと、馬締くん」

「えっ」

煩悩にまみれた俺が脳内トリップしている間に、彼女はシュガー・シロップを足してシェーカーにストレーナーとトップを被せ終えていた。全部あますことなく目に焼き付けておきたかったのに。〝しまった……〟と後悔していると、絹さんが顔だけこっちに向けてきて、あきれたトーンで言う。

「シェークはさすがに……そんなにくっつかれてたらできない」

「あ、ごめん」

パッと絹さんの背中から離れた。

絹さんは俺の言葉遣いが気になったようで、ムッとした顔で言葉を正してくる。

「〝すみません〟」

「……すみません」

俺が言い直すと、彼女はいつもどおり格好よく笑った。

「よろしい。そこで見ていなさい」

わぁ、クソかわ……。

自信満々な感じと、ちょっとおどけた感じの命令口調があざと可愛くて、だいぶ俺に刺さった。

言われたとおり、俺は一歩離れたところで後ろから絹さんのシェークを見ることにした。彼女はバーカウンターの上に置いていたシェーカーのトップを右手の親指でしっかり押さえ、トップが手前にくるように両手で包み込んで構える。

「前に馬締くんも気付いてたけど、手の熱が伝わらないように持ち方を意識してみて。

このとき体から余計な力は抜いて。特に背中。脇だけしっかり締めてたら大丈夫」

そう言う絹さんの立ち姿は、背筋が伸びていて綺麗だった。静かに始まるシェーク。シェーカーを斜め上に突き出すと同時に鳴り出す音。胸のほうまで引いて、今度は斜め下に出しながら手首をスナップさせる。斜め上↓手前↓斜め下↓手前の順で動きを繰り返す。

シェーカーの中で材料が混ざり合う音がリズミカル。大きな動作に反してひじの動きはなめらか。後ろから見ているとよくわかる。本当に合理的な、計算された無駄のない動きなのだと。

じっくり見ていると心が震えるほど綺麗なそのテクニックを前に、俺は煩悩にまみれていた数秒前の自分を恥じた。

（一回反省したくせに……）

最初にこうやって後ろからカクテル作りを見せてもらったときに、俺は心を入れ替えたのだ。あの日、絹さんから「今日はチャラいこと全然言ってこない」と指摘され、馬鹿な俺には絹さんが寂しそうな顔をしているように見えた。そして「もしかして何か期待されてた？」などとふざけたことを訊いてしまった。

絹さんの答えはもちろん「期待なんてするわけない」で、その後に言われた至極真っ当な言葉が俺にとどめを刺した。

『あのチャラい感じでカウンターに立たれたら困るなと思ってたから、安心しただけ』

――そりゃそうか、と思った。

カクテルの勉強をさせてもらうっていう名目でここに置いてもらってるんだから。

そんな立場で口説いたり迫ったりしたら、すぐに見放されてしまうんだろうな、と。

〝それなら客のままでいたほうがよかったんじゃ〟と思わないでもないけど、どうだろう。アプローチはしづらくなってしまったけど、カウンター越しに話すよりも、同じカウンターの中で一緒に働ける今のほうが距離感は近づいたような気がする。実際、絹さんの俺への態度は前よりも少しフランクになった。

仕事に対してチャラさを出さないと決めてから、目立った失敗はひとつだけ。初対面の漆谷さんに喧嘩腰で突っかかってしまったことは、後で冷静になってめちゃくちゃ反省した。

店にはいろんなお客さんが来るから、怒りの沸点は常に高く……と、絹さんから指導されていたのだ。漆谷さんから「ボーイズバーのほうが向いてる」と言われたことくらい聞き流すべきだった。っていうか、普段なら聞き流せていたと思う。あのときは完全に嫉妬が入っていた。漆谷さんがあまりに絹さんに馴れ馴れしかったから。

仕事中に私的な感情が前に出てしまううちは、半人前なんだと思う。

このまま私情や下心を抑え込んで真面目にバーテンダー修行に励んでいれば、いつかは絹さんとそういう仲になっていけるだろうか。恋人とか、そういう深い仲に。


（……また脳内トリップしてしまった）

気付けばシェークが終わっていて自己嫌悪。

シェークを終えた絹さんは右手でストレーナーとボディを持ってグラスに中身を注いでいた。最後の一滴まで残さずグラスの中に振り落とす仕草すらも優雅で、本当に、つくづく高嶺の花を好きになってしまった、と思った。

最後にソーダでグラスを満たし、軽く掻き混ぜる。

アプリコットフィズを完成させた絹さんが振り返る。

「馬締くんもシェークやってみるでしょ？」

「うん。やる」

「腕で振っても疲れるだけであんまり混ざらないから、手首を使ってね」

「さらっと難しいこと言う……」

「水を入れたペットボトルがあれば家でも練習できるよ。明日は日曜だし大学休み？」

「うん、休み」

「じゃあ今日はシェーカーの正しい持ち方と振る感覚だけ覚えて帰ろうか」

そう言いながら絹さんが俺にシェーカーを握らせようと無防備に手に触れてきても、俺は絶対に下心なんて見せちゃいけない。

（……しんど……）

一生懸命教えてくれようとする顔が可愛いから余計にまた好きになってしまって、なんかもうダメだった。一目惚れしたあの日は、始まった恋にただただ浮かれていたはずなのに。

いつの間にこんなに苦しくなったんだ？


その後、漆谷さんと絹さんとの間で、俺が漆谷さんにアプリコットフィズを振る舞うのは五月最終週の日曜日、夕方六時に決まった。本来日曜日はSilk Forestの定休日なのだが、漆谷さんの予定と出国日の都合で、そこしか来店が難しいらしい。

「いいんスか？　俺の試験のためだけに店開けてもらって」

「店開けるっていっても普通の営業はしないよ？　漆谷さんしか来ないし、私もカウンターに立たないし」

「でも絹さん、せっかくの休みなのに……」

「気にしないで。別に予定もないから。それに営業時間中は練習できないし……」

それが目下の困り事だった。バーテンダーはバーの営業時間が終わってから修行するものらしいが、俺の場合、勤務終わりは高確率で〝明日も大学があるでしょ〟と絹さんに無理やり帰らされる。店でカクテル作りの練習ができるのは営業時間前、開店準備を終えたあとの短い時間だけ。絹さんに指導してもらいながらだと、作れるのは一杯から二杯が限度。

「当日はお昼から店の鍵を開けておくね。よければ最後の練習にも付き合うけど」

「えっ、助かる」

休日も絹さんとふたり！　と舞い上がりかけた気持ちをグッと抑え込む。仕事の話をしている最中に邪な気持ちを見せてはいけない。とりわけ今は本採用してもらえるかどうかの瀬戸際。この先も絹さんを一番そばで見ていたいので、絶対にここで下手を打つわけにはいかなかった。

決戦の日曜日まであと一週間もない中、俺はよくやったと思う。開店前の短い練習時間で、作る手順と道具の扱い方はしっかり覚え、家での自主練も欠かさなかった。

絹さんに教えてもらったとおり五〇〇ミリリットルのペットボトルに水を入れ、水が攪拌《かくはん》される音を聞き分けて手首のスナップを習得。絹さんのように斜め上と斜め下に交互に突き出すやり方（二段振りと言うらしい）ではまだうまくできないけれど、前後に振り出す一段振りはどうにか様になってきた。

その間、一度店に来ていた漆谷さんと顔を合わせたが、そのときもやっぱり「ボーイズバーへの転職の件は考えてくれたかな？」と嫌味を言われただけで、俺は「いやー考えてないっスねー」と生返事をした。前回の反省があるので、前みたいに喧嘩腰になることはなかったが……そうは言っても相変わらず感じが悪い。

（奥さん亡くしてるとか、本当かよ……）

そんな根本的なところから疑いつつも、完璧なアプリコットフィズを作るための鍛錬は怠らなかった。漆谷さんのためと思うと気乗りはしないが、そんな私情はこの際関係ない。俺は絹さんに認められて、この先も絹さんのそばで働くために努力をするんだ——と。

粛々と練習に励むことが正しいと、このときはまだ思っていた。

——そうして迎えた、五月最終週の日曜日。

ぽかぽかと少し暑いくらいの陽気が漂う、天気のいい昼下がり。BAR・Silk Forest

の重厚な扉の前には〝CLOSED〟《閉店》と書かれたヴィンテージ調の木製プレートがぶら下げられていた。いつもは店休日で無人のはずのその日、絹さんは約束どおり昼から店の鍵を開け、本番前の最後の練習に付き合ってくれた。

「自信のほどは？」

「まあ、そこそこ？」

軽口を叩きながら、両手のひらをロングエプロンに擦り付けて手汗をぬぐう。営業時間外なのでネクタイとベストは無し。カウンターに立つので一応、白シャツとストレッチパンツ、ロングエプロンを着用していた。

「じゃあ、私を漆谷さんだと思って、課題のカクテルを作ってください」

そう言った絹さんは、今日は本当にカウンターに立つつもりがないらしく完全にオフのファッション。華奢な体に対して大きめのコットンシャツに黒のクロップドパンツ。ヒールのあるパンプスを履いていて、細い足首が見えているのが新鮮だ。

(どう頑張っても、絹さんを漆谷さんだとは思えないけどな……)

要所要所の肌見せ、やめてほしい。別に露出が多いわけでもないのに、普段着ているユニフォームとのギャップのせいでドギマギしてしまう。

彼女は漆谷さんの代役として、俺の向かいにあたるカウンター席に座っていた。

俺は細く長く息を吐き出し、少し緊張しながらアプリコットフィズに取り掛かる。

まったく自信がないわけではない。練習だけはいっぱいした。ただ、十日練習したくらいでマスターできるわけがないこともわかっていて、どの辺が絹さんにとっての及第点なのか不安はあった。

もう何度も繰り返しシミュレーションした手順をなぞる。グラスにはあらかじめ氷を入れて冷やしておく。アマレットと搾ったレモンジュース、シュガー・シロップをシェーカーの中に入れる。グラスの中の氷から溶け出してしまった水を捨て、シェーカーの中にササッと氷を追加してしっかりとシェーク。それをさっきの氷入りのグラスに注ぎ、グラスをソーダで満たす。最後にスライスレモンを飾って完成。

落ち着いてやれば、そうミスをすることもない。特に一番ハードルだと感じていたシェークは練習の甲斐もあってスムーズにできた。腕だけで振ることなく、ちゃんと手首のスナップを使えたように思う。

そうして完成したアプリコットフィズを、彼女の目の前のコースターの上に置く。店名の刻印された、分厚くしっかりとした丸くて白い紙の上に、そっと。

手汗が止まらないような緊張は愛想の下に隠して。

「アプリコット・フィズです」

いつもの絹さんを真似してそう告げた。

「いただきます」

彼女の繊細な指先が、俺の作ったアプリコットフィズに触れる。グラスが浮いて、琥珀色の中の氷とスライスレモンが揺れる。絹さんの形のいい唇が僅かに開いて、小さな口の中に液体が流れ込んでいく。白く細い喉が隆起する。

なんだか息苦しくて、逃げ出したくなる瞬間だった。

自分がこの十日の間にやってきたことや、この課題への姿勢が暴かれるような。

なんとも言えず気まずくて、不安な気持ちになる。

絹さんの評価は——。

「……これを漆谷さんに出すの？」

「え？　あ……ダメ……？」

明確に何が悪いとは言われなかったが、明らかに良いとは思っていない言い方だった。表情も曇っていて、がっかりしたと言わんばかりの怪訝な顔つき。

「馬締くんはこれを出していいと思う？」

——見放されたと、不安で胃の底がヒヤッと冷たくなる感覚。

「……ええっと」

理由を追求すると更に失望されそうで、俺はしばらくその場で固まって動けなくなった。絹さんも何も言わないし、それ以上グラスに口をつけようともしない。

なんでだ？　何がいけなかった？

至らない点を考え出せば、いくらでもある気がした。基本の技術があまりにお粗末だったのか、作法がなっていなかったのか。もしくはその両方か。

俺は動揺を隠し、なんとか口を開けて「もう一度作ります」と伝えた。

絹さんは短く「うん」と言うだけ。他には何も言わない。なんでこんなに口数が少ないんだろう？

こんなに冷たい絹さんの顔を見るのは初めてで、俺はショックを引きずったまま、二杯目のアプリコットフィズを作り始める。

そこから瞬く間に時間が過ぎていった。

最初は、絹さんの反応が芳しくない原因は炭酸が抜けてしまっていたからじゃないかと考えた。だから二杯目はよりいっそう慎重に、ソーダを決して氷に当てないよう細心の注意を払って注いだ。

でも、それを飲んだ絹さんの反応は一杯目と変わらなかった。

「これを漆谷さんに出す？」

そんな言い方をされて「出す」と言えるはずがない。

次はシェークのやり方がまずかったんじゃないかと考えた。自分では気をつけていたつもりだけど、知らず知らずのうちに腕を使って力任せに振ってしまっていたのかも。三杯目ではより手首を使うことを意識して、体からも余計な力を抜いて、絹さんのような美しいシェークを目指した。

だけどそれでも彼女の反応は変わらない。

「このカクテルでいけると思う？」

一杯目も二杯目も三杯目も同じ。ひと口飲んだら、後はもう口をつけようともしない。無駄になるカクテルが増えていくほど、俺の焦りは増していった。

何が気に入らないんだ？

炭酸の扱いやシェークの仕方に問題があるわけではないのなら、他に考えられるのはメジャー・カップの使い方。これまで絹さんの真似をして指の間に挟む持ち方をしていたが、最初に推奨された初心者向けの持ち方に変えてみる。

けれどそうして作った四杯目も、絹さんの反応は変わらない。

「馬締くんがこれでいいと思うなら、いいけど」

「何がダメなんだよ!!」

十杯目に差し掛かったタイミングで限界がきた。

絹さんに「これを出すの？」と確認されるたびに「もう一度作ります」と返事をし

て、改善点を探って。けれど決して首を縦に振らない彼女の反応にじりじりと余裕を削られ、ついに声を荒げてしまった。

「できてないとこがあるなら、言ってくれればさ！　すぐ直すし、ちゃんと意識するし、こんな何度も作り直さなくたってっ……」

途中からは〝もしかしてわざと厳しく言ってるだけなんじゃ？〟とさえ思った。

だって彼女は具体的なことを何も言わないし、俺はもう手を尽くしたと思ったから。

これ以上、何を意識して作ればいいんだ？　さっぱりわからない。

それに五杯目以降、絹さんはグラスに口をつける前から「これを出すの？」と訊いてくるようになった。さすがにそれは理不尽すぎるだろ。

徒労感も相まって、怒りが加速する。

「そこまで本採用にしたくないなら……こんな回りくどいことしないで、はっきりそう言やぁいいじゃん……」

カウンターテーブルの端をぎゅっと握って、テーブルに体重を預ける。

絹さんの目を見ることができない。何を考えているのか、もうさっぱりわからない。

絹さんがそんな回りくどく陰険なことをするなんて、ほんとは思ってないけど。でも真意がわからない。

十杯目を作る気力が湧かなかった。絹さんの前に置いたままのアプリコットフィズの群れを見るのがしんどい。しばらく沈黙が続き、今日はバックにジャズミュージックも何も流れていなくて、更に空気が重々しくなる。

そんなときだった。

絹さんが「これを出すの？」以外の言葉を口にしたのは。

「じゃあ質問です、馬締くん」

「……なに」

「なんで漆谷さんにアプリコット・フィズを出すのかって、理由は考えた？」

再び沈黙。

今度は俺が考え込んだがための沈黙だった。

（……なんで漆谷さんに、アプリコットフィズを出すのか？）

何言ってんだよ。あんたがそういう課題を出したんだろ。絹さんが〝漆谷さんに出すアプリコットフィズを作れ〟って言ったから。

自分が言ったことも忘れたのか？

──ささくれ立った気持ちで不満をぶつけようと口を開いた瞬間、気が付いた。

「……あ。……いや」

そういうことじゃないな。

絹さんが言っているのは、そういう意味じゃない。俺がアプリコットフィズを作っている理由じゃなくて、もっと根本的なことを訊かれている。

どうして絹さんは、俺への課題に〝漆谷さんに出すアプリコットフィズ〟と指定したのか？

「それは……考えてなかった、かも……」

かもじゃなくて、まったく考えていなかった。俺はアプリコットフィズをそれらしく作ることに必死で。理由とかは全然、頭になくて。

「どうして漆谷さんにアプリコット・フィズなんだろうね？」

その問いかけを最後に、絹さんは再び沈黙を守った。

俺は作業台の上の道具やリキュールに視線を落とし、考える。

疑問に思ったことは一度だけあった。ギムレットから砂糖を抜いて飲むような人に、なんで甘いアプリコットフィズを出すのか。それっきりで深く追求はしなかった。

それに絹さんが出した課題の意図も。どうしてただ〝アプリコットフィズを作る〟ではなく、〝漆谷さんのアプリコットフィズを作る〟という課題だったのか？

（考えろ……）

漆谷さんのことについて俺が知っていることは限られている。あの人のことを知ろうと思ったら……もう絹さんに訊くしかなくない？

でもどうなんだ、それって。わからないことがあれば基本的にはまず一度自分で調べてみるべきだと思う。今回でいえば、漆谷さんは店に来ていたんだから、直接会話をして情報を得るチャンスがあった。

（……それを見逃していた時点で、俺は落第だった？）

もうとっくに試験は終わっていた可能性が頭にチラつき、背筋が凍る。

絹さんが作った線香花火のギムレットは、漆谷さんの心を慰めるものだった。

あんな風に人の心に寄り添うカクテルは、その人のことを知らないことには作れないと思う。

絹さんはちゃんと教えてくれていたのに。

『バーテンダーはレシピどおりにカクテルを作るだけが仕事じゃないんだよ』

思い出して心臓がぎゅっと痛くなった。

最悪だ。小手先のテクニックにこだわるばかりで、教えてもらった大事なことは聞き流して。子どもっぽい感情で漆谷さんを〝いけ好かない大人だな〟としか思わず、心も開かないままで、一体俺はどうやってあの人のためのカクテルを作るつもりだったのか。

今まで量産したアプリコットフィズに〝お客さんのため〟なんて気持ちは少しも

入っていなくて、ただ、俺が絹さんに認められたいという欲だけが前に出ていた。

「っ……」

絹さんがあきれるのも当然だ。〝何を聞いてたんだ〟って俺に失望したと思う。

あまりに情けなくて顔を上げられない。

喉がカラカラに渇いている。

背中を冷たい汗が伝う。

これからどうする？

「……絹さん」

消えてしまいたい気持ちを押し殺してなんとか呼びかけると、彼女は淡々とした声で「はい」と応えた。その声を聞くと俺にはもう何の期待もしていなさそうで、声をかけておきながら気持ちが挫《くじ》けそうになる。

それでも訊かなければ。

俯《うつむ》いたまま絹さんに懇願する。

「漆谷さんのこと、俺に教えてほしいです」

もう見放されたかもしれない。試験はここで終わりかもしれない。

それでも〝誰かのための一杯〟というものを、自分も作ってみたいと思った。

バーカウンターに額がつきそうなほど頭を低く下げる。

「お願いします」

今日何度目かの沈黙が店の中に流れる。俺は頭を下げてじっと床を見つめたまま、沈痛な気持ちで絹さんの返事を待つ。好きな人のがっかりした顔は見たくなかった。もっといろんな顔を見てみたいとは思うけど、できればやっぱり笑っていてほしいし。今彼女がどんな顔をしているかも想像がつかずに待っていた。そしたら不意に、空気の緩む音が聞こえた。

つられて顔を上げる。

絹さんはカウンターテーブルに頬杖を突き、顔をくしゃっとして――笑っていた。

「そう言ってくれるの待ってた！」

安心した俺は、その場で膝から崩れ落ちそうになった。


そして夕方六時。店の扉についている磨りガラスの窓から、外が少し薄暗くなってきたのを感じる頃、漆谷さんは店に現れた。

いつもの上等そうなスーツとは違い、今日はオフらしくカジュアルなファッション。落ち着いたグレーのテーラードジャケットに中はボーダーのカットソー。パンツはデニム。すらっとしたシルエットには抜け感があって、プライベートでもモテそうだと思った。

「来てやったよ、馬締くん」

「ありがとうございます」

相変わらず俺のことを下に見ている口振りと態度に、カチンとこないと言ったら嘘になる。けれどわざわざ来てもらったのは事実。俺は「どうぞこちらへ」と言って、漆谷さんをカウンター席に案内した。

漆谷さんはカウンターチェアに掛ける前に、テーブル席にいる絹さんに気付く。

「やあ篠森さん。私服姿は新鮮だなぁ」

「こんばんは、漆谷さん。来てくださって本当にありがとうございます。今日は私のことは空気だと思ってください」

「極力頑張るよ」

口角に微笑を浮かべてカウンターチェアに腰掛け、俺からおしぼりを受け取る。目も合わせてもらえず、この人は俺を店員と認めていないんだとありありとわかった。

ここからが勝負だ。

カウンターの中に立ち、正面に座る漆谷さんと向かい合う。さっきまではずしていた黒の蝶ネクタイとベストを身に着け、心を落ち着けている。

「それではお作りさせていただきます」

「アプリコットフィズを作ってくれるんだっけ？　大事な思い出の酒だから、もし下手なものが出てきたら私は飲まないからね」

「わかってます」

一生懸命作ったものを飲んでもらえない屈辱は、さっき嫌というほど味わった。

バーカウンターの上にタンブラーを置く。中には氷を入れ、バー・スプーンで軽くステアし、しっかりグラスを冷やしておく。

そしてアマレット、搾ったレモンジュース、シロップを作業台の上に並べ、シェーカーをバーカウンターに敷いた黒いクロスの上へ用意した。ここまでが第一フェーズ。

次はメジャー・カップを使ってアマレットとレモンジュースを計る。中指と人差し指で挟み込むようにメジャー・カップを持ち、カップから溢れぬように、逆に足らずにもならないようにぴったり注ぐ。この感覚は何度も繰り返し作るうちに覚えてきた。

漆谷さんに見えるように手首を返してメジャー・カップの中身をシェーカーの中に注ぐ。それを見ていた漆谷さんが声をかけてくる。

「結構練習したのかな？」

「そうですね。結構」

「手先が器用だと得だね。それっぽくできてる」

そんな言葉に集中力を奪われない。俺は「ありがとうございます」と短く返事をして、バー・スプーンでシロップを計って入れた。ここまでが第二フェーズ。

今度は速やかにグラスへ移って、氷から溶け出た水をグラスの中から捨てる。すぐシェーカーに戻り、ボディに氷を詰めたらストレーナー、トップを被せてシェーク。最初はゆっくり。徐々に速く。家で何度も練習した、ペットボトルの中で水が爆《は》ぜて空気と混ざり合うあの音をイメージしながら、リズミカルに。

シェークの最中は漆谷さんも黙って見ていた。さっきまで向けられていた小馬鹿にするような目が、少しずつ変わっていくのを肌で感じた。見る価値もないと思われていた状態から、真剣に値踏みするような目へ。

(……気分がいいな)

少しもミスできないと思ったらプレッシャーが増すけど、この緊張感は心地いい。

振り始めと同じように振り終わりもゆっくり。シェークを終え、すぐさまトップをはずして中身をグラスに注ぐ。素早く、最後の一滴まで残さずに振り落とす。

「……なんだかいつもより赤い気がするな」

「そうですね」

それは最後に入れたシロップの影響だろう。いつもの無色透明なシュガー・シロップとは違う。さっきあらためて絹さんから漆谷さんの話を聞き、今回は特別なルビーレッドのシロップを使うと決めた。

いつもよりレッドが強く出ている液体をソーダで割る。炭酸が抜けないように氷の合間を縫うように注ぎ、グラスを満たす。そろりとバー・スプーンを沈め、軽く氷を浮かして液体とソーダを馴染ませた。

最後にスライスレモンを飾れば、アプリコットフィズは完成する。けれど俺はスライスレモンは使わず、別の物を添えて漆谷さんの前に出した。

それを見た漆谷さんは意表を突かれたように目を丸くし、続いて「ははっ」と皮肉を漂わせて笑った。

「随分と可愛いカクテルを作るんだね、きみは」

「ロージー《バラ色の》・アプリコットフィズです」

通常、アプリコットフィズは透明感のある琥珀色。ソーダで割った段階でシロップの赤みは薄まったが、それでもいつもよりほんのり赤く色付いている。その上に浮かんでいるのは定番のスライスレモンではなく、真紅の食用バラ。直径二センチほどのミニバラが三輪、三角形を作るように浮いている。

漆谷さんは意地の悪い目をして俺に問いかけた。

「見た目も華やかでいかにも女性ウケしそうなカクテルだ。きみが考えた〝女の子を口説く必勝カクテル〟ってとこかな？」

「そうです」

「あっさり認めるなよ……。そんなチャラついたカクテルは飲みたくない」

「チャラくありません。これは漆谷さんが奥さんを口説くためのカクテルです」

「……妻を？」

漆谷さんの表情が曇る。


絹さんから聞いた漆谷さんの話はこうだ。

十年前に亡くなった奥さんと漆谷さんはもともと同じ大学の級友で、ふたりだけで飲んだり遊んだりするほど仲が良かった。漆谷さんは出会ったときから奥さんに惚れていたものの、なかなか恋仲に発展せず、もうすぐ大学を卒業という段になってやっと告白する決心をした。

告白場所に選ばれたのが、Silk Forestの前身にあたるバーだった。

若き日の漆谷さんはそこで奥さんに「飲んでほしいカクテルがある」と言ってアプリコットフィズを注文。

アプリコットフィズの酒言葉は〝振り向いてください〟。

結果的に、ふたりは晴れて交際をスタートさせることになる。

絹さんが漆谷さんに作るカクテルとして〝アプリコットフィズ〟を指定したのは、

それが〝ギムレット〟と並んで大切な、漆谷さんと奥さんの馴れ初めの一杯だからだ。

「……アプリコットフィズだと決まってる時点でわかってはいたけど、あまり人の思い出話を吹聴《ふいちょう》しないでほしいものだね」

漆谷さんは背後のテーブル席に掛けている絹さんに向かって言った。

少し不機嫌な声での抗議に対して、絹さんはけろっとした顔で答える。

「あら。でも私も当時のマスターから聞いてお作りしていたんですよ。ギムレットもアプリコット・フィズも」

「きみは修行を積んだ一流のバーテンダーだろう。私が言っているのは、こんな素人同然の奴に作られるのは――」

「とりあえず飲んでみてください」

穏やかな凛とした声で制して、絹さんは勧める。

「炭酸が抜けてしまっては台無しですから。それから、最初に言いましたが今日の私は空気ですので」

どうぞどうぞと、指を揃えた手で俺のほうを指し示して、漆谷さんの視線を元に戻させる。〝あなたが今相手にすべきバーテンダーはあっちですよ〟と教えるように。

漆谷さんは渋々俺のほうに向き直り、小さくため息をついた。観念してグラスに手をつける。彼がグラスを持ち上げ、傾けるのに合わせ、エディブルフラワーのバラが揺れる。

ひと口飲んだ漆谷さんは、グラスを持ったまま不思議そうな顔をした。

「……アプリコットフィズだよな？　あんまり甘くない。でもアマレットの味は感じる……あと……飾りだけじゃなくて、酒からもバラの匂いが……？」

「そうです。今回はバラのシロップを使いました」

「バラのシロップ？」

無色透明のシュガー・シロップの代わりに入れた、あのルビーレッドのシロップがそうだ。絹さんが自家製のものを常備していた。

バラのシロップは鍋で食用バラの花びらと少量の砂糖を一緒に煮詰め、レモンの果汁を投入し、冷まして二日ほど漬け込むとできるらしい。

俺が漆谷さんのアプリコットフィズにバラのアレンジをしたいと伝えると、「こんなシロップがあるよ」と冷蔵庫から出してきてくれた。

「バラのシロップは普段のシュガー・シロップほど甘くないので。さっぱりしてるでしょう？」

「あー……確かに。これなら……」

そう言って漆谷さんは二口目を飲んだ。確かめるように味わっている様子を見ると、口に合わないことはなさそうだ。

だろうと思った。辛口で酸味のあるギムレットをシロップ抜きで飲んでいたくらいだから、きっと甘さはあまり要らないんだろう。バラのシロップを使った当初の目的は飾りのバラに合うアレンジをするためだったけど、結果オーライというやつだ。

漆谷さんは三口目を飲みながら言う。

「食用バラを浮かべたりバラのシロップを使ったり、やけにバラにこだわるじゃないか。何か意味があるのかい？」

「もちろん」

意味はある。絹さんからアプリコットフィズにまつわる漆谷さんの馴れ初め話を聞かせてもらって、俺はこの人のための一杯を考えた。その答えがバラだった。

「どんな意味があるのか聞かせてもらおう」

まだ余裕たっぷりで、楽しそうに上から目線で物を言う漆谷さん。だけど、俺はもうこの人を〝いけ好かない大人だ〟とは思わない。なぜならば……。

俺は彼の質問に答える。

「漆谷さんと一緒に、あの日の告白の正解を探すためのカクテルだからです」

「……ん？　意味がよくわからないな」

「今から十年以上前、漆谷さんはアプリコットフィズを注文して奥さんに想いを伝えようとしたんですよね？」

「ああ……もうそんなになるか。そうだけど、それがどうした？」

「でも結局、当時の漆谷さんはチキって告白できなかった」

「……ん!?」

「その上、奥さんにはカクテルの酒言葉にも気付いてもらえなかったって……」

「篠森さん!!」

俺の話で血相を変えた漆谷さんが〝バッ！〟と絹さんのほうを見る。

しかしそのときにはもうテーブル席に絹さんの姿はなく、いつの間にかバックヤードに引っ込んだようだ。

さっきまで余裕ぶっていた漆谷さんの顔が羞恥で赤くなっていく。

「どうしてっ……篠森さんだって、当時はまだここにはっ……」

「この話も当時のマスターから聞いたらしいですよ」

「バーテンダーはみんな口が軽いのか!?」

「俺に言われても……まあ、情報共有ができてるってことなんじゃないですか？」

絹さんから又聞きした漆谷さんの告白の詳細はこう。

〝告白するぞ！〟と一大決心をして彼女を誘い出した若き日の漆谷さんは、「飲んでほしいカクテルがある」と言ってアプリコットフィズを注文した。

ズには〝振り向いてください〞という酒言葉があって、告白にはうってつけのカクテルだった。――ただ、それは相手が酒言葉に詳しい場合に限る。

奥さんは別に酒言葉に詳しくなかった。漆谷さんがなぜ自分にアプリコットフィズを注文したのかもよくわからず、「なんで？」「ねぇなんで？」と問い詰め、追い詰められた漆谷さんの勇気は挫けてしまい、結局告白できず。

当時のマスターも助け舟を出すに出せず、現場は硬直状態に陥ったという。

アプリコットフィズは馴れ初めのカクテルであるのと同時に、若い漆谷さんの失敗のカクテルでもあった。

「その話を聞いて俺、率直に思ったんですよ。〝そんなん伝わるかい！〞と」

「やめてくれ……」

「俺も酒言葉って結構好きなんで、いつか酒言葉を使った粋な告白とかできたらいいな～とは思いますけど……でも現実問題、伝わらなきゃ告白じゃないでしょ」

「若かったんだ!!」

今日が貸し切りでよかったと、頭を抱えて叫ぶ漆谷さんを見て思った。こんな大声出されたらさすがに迷惑だし、こんなイケメンが情けなく叫ぶ姿を見たら、お客さんも〝何事!?〞ってびっくりするだろう。

俺はカウンターテーブルに伏せる漆谷さんに向かって話を続ける。

「だから俺なりに考えてみたんですよ。漆谷さんがバーで奥さんに告白した当時に、どんなカクテルなら気持ちが伝わったのかなって」

「余計なお世話だ……」

「恥ずかしいですよね～、十年以上前の黒歴史。奥さんが亡くなってからは思い出すこともなかったんじゃないですか？」

「当たり前だろ……誰が好き好《この》んでそんな……」

「でも、そういう情けなくて格好悪い思い出に浸る年があってもいいと思うんスけど。それだけ好きだった、って記憶なわけだし」

ぴくっ、と漆谷さんが反応する。

そして蚊の鳴くような声でこう漏らした。

「……まあ、そうだな。それだけ好きだった」

「でしょ？」

漆谷さんのこの失敗エピソードを絹さんから聞かせてもらって、俺は一気にこの人に親近感が湧いた。なぜなら気持ちがわかるから。告白を決心するのにどれだけ勇気がいったかとか、酒言葉に頼りたくなる気持ちとか。すんでのところでチキってしまう臆病さとか。今は本当によくわかる。

「十年以上前なら、そのとき俺はまだ小学生とかなんですけど」

「なんだ？　唐突な若さ自慢か？」

「違いますよ。実際は世代が違うけど、でも、もし俺が当時ここでバーテンダーをしていたなら、どうやって漆谷さんをアシストしてたかなぁと思って……」

「……それでバラ？」

「そうです」

　十年以上前の思い出のカクテルを、今の俺がどうこうすることはできない。当時のマスターと同じレベルで美味しく作れるわけでもない。

　できるのは一緒に思い出を振り返ることだけだ。当時を知らない俺が一緒に振り返ることで、少しでも何か新しい発見や気付きが得られたらいい。そんな大層なものはなくとも、ひとりでは思い出しもしなかったようなことを、思い出せればいい。

「酒言葉ってお洒落だけど、言ってもマイナーじゃないですか。だから合わせ技とかどうかな～って。バラの花言葉って知ってます？」

「あー……本数によって意味が変わるんだっけ？」

「わぁ……さすが、キザだからよく知ってますね」

「馬鹿にしてんのか」

　さっきまでは曲がりなりにも紳士的な口調を守っていた漆谷さんなのに、今は完全にくだけている。これじゃ大学の友達と同じだ。でもそれくらいの感覚が有難かった。

告白の作戦会議は対等なほうがやりやすい。

「一本なら〝一目惚れ〟。二本なら〝この世界はふたりだけ〟。三本なら……」

「何になるんだ？」

漆谷さんに作ったアプリコットフィズには三輪のバラを浮かべた。

それにもちゃんと意味がある。

「三本なら〝告白〟〝愛しています〟という意味になります」

「……ほう」

「って真剣に考えてみてから思ったんですけど」

「何？」

「こんな回りくどいことしてても無理ッス。やっぱ告白ははっきり言わなきゃ伝わんないなって」

「結局⁉」

「だって女子だって、バラの本数で変わる花言葉とかいちいち覚えてないでしょ」

酒言葉や花言葉から気持ちを察してほしいなんて、所詮は贈る側のエゴでしかない。

それが通用するのは〝伝わらないなら伝わらないでもいい〟と割り切れるときだけで、
ガチの告白はダメだ。それは言わなきゃ伝わらない。

「だから俺がもしその現場にいたなら、このカクテルを出した上で〝いけ！〟〝今だ告れ！〟ってめちゃくちゃサイン送ってたと思うんですよねぇ。漆谷さんに」

「そんなお節介なバーテンダーは嫌だよ……」

「そうですか？」

気付けば漆谷さんの手の中のカクテルはすべて飲み干されていた。「次は何か違うのにします？」と訊きながら〝俺に作れるものは限られてるけどな……〟とドキドキしていると、彼は「いや、同じのもう一杯くれるか」と言った。

もう一度同じカクテルを作り、漆谷さんの前に差し出す。

彼はひと口飲んだあとに、あらためて感想をくれた。

「アマレットのほろ苦さの混じる甘い香りに、ローズの華やかな香りか……より芳醇な感じがするな。〝ロージー・アプリコットフィズ〟か……」

「……名前ダサいですかね？　さっき急いで考えたんスけど」

「そう？　別にダサくはないと思うけどね」

「名前はともかく、味は漆谷さんの口に合ったみたいでよかったです。やっぱり甘いのはあんまり好きじゃなかったか～って」

「いや？」

「え？」

漆谷さんは俺がアレンジした甘さ控えめのアプリコットフィズを飲みながら、〝何言ってるんだ？〟という顔をして言う。

「私は甘いのは好きだよ」

「え……でも、ギムレットはシロップ抜きって」

「私じゃなくて妻が苦手だったんだ。コーヒーもブラックで飲むし、甘い菓子も一切食べない」

「あー……」

そうだったのかと合点がいった。あのギムレットは奥さんを偲ぶためのカクテルだから、奥さんの好みに合わせてたってことか。

合点がいって、この人はつくづく奥さんのことが好きなんだなとあらためて思った。

「そういえば……アプリコットフィズを飲ませたときも、告白だと気付いてもらえないどころか〝甘いからこれはあんまり好きじゃない〟なんて耳打ちされてさ。こっちはフラれたのかと思って一瞬ヒヤッとするじゃん。その後に告白なんてできないだろ？」

「ああ……」

それは確かに、言えないかも……。

共感しながら小さく頷いて聞いていると、漆谷さんは「ふー……」と息を吐き出し、カクテルの中に浮かぶ食用バラを見た。

「きみが作ってくれたこの甘くないカクテルなら、あいつも普通に〝美味しい〟って言ってくれたのかもしれないなぁ。そしたら俺も告白できてた可能性も……」

「漆谷さん。俺、ずっと気になってたんですけど」

「なんだい？」

「告白はできなかったけど、結局その日にふたりは付き合い始めたんですよね？」

そこだけは絹さんも「詳細は知らないの」と言っていた。漆谷さんは告白できなかったらしいのに、どういうわけかその日、結果的に漆谷さんと奥さんは交際をスタートさせている。

当時のマスターが絹さんにも語り継がなかった何かが起きたんだと思うけれど、それが何かは想像もつかなかった。告白もせずに、一体どうやって？

漆谷さんは「あー……」と声を漏らしながら目をそらした。

なぜかちょっと気まずそうだ。

「それはだね……」

「はい」

「友達って関係から一歩踏み出すのに、こっちはさんざん悩んだっていうのに……あいつ、カクテル飲みながらしれっと言ったんだ。〝結婚しよっか〟って」

「……まっじで!?」

あまりの急展開にタメ口が出た。

漆谷さんはおどけて「マジマジ！」と俺の言葉を真似ながら笑っていた。

「女性ってほんっっっとに、読めないよなぁ」

漆谷さんの顔は晴れ晴れとしている。

俺は彼の言葉に完全に同意しながら、この顔を奥さんが天国からしっかり見ているといいなと思った。

＊

カウンターのほうから、男性ふたりの楽しげな笑い声が聞こえてくる。

それを肴《さかな》にして、私は馬締くんが作ったアプリコット・フィズをひと口飲んだ。

作ってからかなり時間が経過しているから水っぽくなってしまっているものの、まだ炭酸が残っているのを舌で感じる。これは彼がカクテルを作る際に正しく炭酸を扱ったという証拠。

「……ふふっ」

嬉しくて、笑いも零れてしまうというものだ。まさかたった十日でここまで上達するなんて誰が予想しただろう。〝私の駆け出しの頃よりよっぽど筋がいいんじゃない？〟と思う羨ましさと、〝まだまだ伸びしろがありそうだなぁ〟という期待。

（次は彼に何を教えてあげようかなぁ）

考えるだけでワクワクが止まらなくなる。

その時点で、馬締くんの合格は明白だった。

「あー……美味し……」

このバックヤードまでトレイで運んできたアプリコット・フィズは全部で十二杯。そのうちの三杯は、馬締くんが漆谷さんのために考案したロージー・アプリコットフィズだ。

作らせすぎたかもと、正直ちょっと思っている。馬締くんが作ったアプリコット・フィズは最初の一杯目から出来が良かったのに、私はそこから九杯目までGOを出さなかった。

一杯否定されるごとにきっちり傷ついている彼に、〝さすがに可哀想では……〟とも思ったけど――結果的に馬締くんは、十杯目で自分の正解を見つけた。
〝お客様のために自分に何ができるかを探す〟ことを覚えた彼はきっと、これから
もっと良いバーテンダーになる。
「んっ……んっ……ぷはぁっ」
三杯目のアプリコット・フィズを飲み干した私は、馬締くんオリジナルのロー
ジー・アプリコットフィズに手を出した。彼が「ちょっと花屋に走ってきていいです
か」と言い出したときは、何事かと思ったけど……。
三輪の食用バラが浮かぶ、ほんのり赤く色づいたアプリコット・フィズ。
私もたまにエディブルフラワーを使ったカクテルを作るけど、私では思いつけない
カクテルだなぁと思った。バラの花言葉が贈る本数によって変わるなんて知らなかっ
たし、三本で〝告白〟という意味になることも、もちろん知らなかった。
(はあ……素敵……)
グラスを顔の高さに掲げ、揺れるバラをうっとりと眺める。
本数で変わるバラの花言葉を知ってるなんて、さすが今時の大学生……と感心する、
その一方で。少し複雑な気持ちもあった。
馬締くんはこんな風に、三本のバラを誰かに渡したことがあるのかな?
「……羨ましい～」

バックヤードに自分しかいないのをいいことに、つい本音がこぼれる。

馬締くんから三本のバラをプレゼントされて、告白される女の子。その子はきっと彼と同級生か、もしくは年下の子なんでしょうね。話せども話せども尽きないような共通の話題があって、大学で毎日、気軽に会うことができて……。

勝手に頭の中で〝馬締くんに一途に恋される若い女の子〟の像を作り上げ、羨望《せんぼう》と嫉妬で気が触れそうになる。そんな不毛極まりない妄想をしていて、ふと気付いた。

（……あれ？　違うか。馬締くんはヤリチンなんだっけ……）

前に岡嶋くんが言っていた。馬締くんは超ヤリチンなのだと。

そしたら一途とは違うか――。

頭の中のイメージが、〝三本のバラを無差別に配り歩く馬締くん〟に修正される。

（……ヤリチンねぇ）

ロージー・アプリコットフィズを飲み干し、一度スタンダードなアプリコット・フィズに戻りながら考える。

それを聞かされたときは〝馬締くんってそうだったの!?〟とまあまあショックを受けた。チャラいのは知っていたけど、真面目な一面もあるし、なんだかんだ一線を越える相手はちゃんと選んでるんじゃないかなぁと……。

でもそれも、私の理想の押し付けに過ぎないわけで。若い性をどう使おうが馬締くんの自由で、少なくとも私が口を出すようなことじゃない。

それに〝特定の女の子に入れ込んでるよりマシじゃない？〟と、私の中の柳井さんが囁いてくるので……。

馬締くんがヤリチンだという事実は、最初こそショックだったけどそうやって割り切ることができた。

問題はその後だ。

「……はぁ～」

深い深いため息をつき、グラスを交換して次のアプリコット・フィズへ。

カウンター席からは引き続き笑い声が聞こえるものの、何を話しているのかはもうよくわからない。さっきの話が続いているなら、まだ漆谷さんの馴れ初めの話かな？

恋バナで盛り上がる男性陣、実に結構。

私はもう疲れてしまった。

馬締くんがヤリチンだと知ったあとで、気付いてしまったのだ。

（私はそういう展開になったこと、一度もありませんけど）

この虚しさがおわかりいただけるだろうか？

カクテルの練習であれだけ密着しておいて。

深夜にふたりだけの時間も膨大にあって。

勤務中にそういう邪な感情を持ち込むべきじゃない、という意見には賛成。それが正解です。私の神聖な職場は、恋愛ごっこを楽しむための場所じゃない。あくまでお客様の憩いの場でありたい。

でも、勤務時間外は？〝仕事をあがってから、ふたりで〟とか……そういうお誘いがあったなら、私は迷わず乗っていたと思う。たぶん、ちょっとだけ迷うフリをして、自分から進んで波に流されにいったと思う。おそらく。でも一度もそうはならなかった。

馬締くんがヤリチン属性を持っていても、その対象に私は入っていなかった。

それがすべてだ。

「ううっ……悔しいっ……」

何杯目かのアプリコット・フィズでちょっと酔いが回ってきていた。

カウンター席のほうに馬締くんと漆谷さんがいるので泣くのを我慢しているけど、ヤバい。柳井さんの言葉を借りるなら、今の私はだいぶキている。

だって〝悔しい〟とか。自分は彼の恋愛対象になれないと本当に割り切れていたなら、そんな感情が湧くわけないもの。

こんな気持ちは自覚したくなかった。

私が、まだ馬締くんに〝振り向いてほしい〟と思っているなんて。

＊

俺はすっかり漆谷さんと話し込んでしまって、気付けば彼のフライトの時間が間近に迫っていた。なんでも今夜出国予定だったところ、その直前のほんの少しできた自由時間に店に寄ってくれたそうだ。エリートはやっぱ忙しいんだな。

「あ〜篠森さんに挨拶する時間ないや！　悪いけどよろしく言っといて！」

「はい！　あのっ……ありがとうございました！」

「また来年も飲みに来るからバーテンダー続けろよ！」

「了解っす！」

「篠森さんには絶対手ぇ出すなよ！」

俺は口を真一文字に結んだ。

「それも了解しろよ!!　……あぁもうマジで時間ないわ、じゃあな！」

最初のスマートさはどこへいったのか。漆谷さんは嵐のように店を去り、残された俺はドアの前でひとり、喜びに打ち震えていた。

（……認めてもらえた！）

一杯のカクテルを通じて人の思い出に触れ、何かとても大事なものを共有できたような奇妙な感覚。それだけでも充分嬉しかったのに、漆谷さんに「また来年も飲みに来る」と言ってもらえて嬉しさが天元突破した。

ひとりでウイニングランをキメそうなほどのヤバい高揚感。

この興奮を誰かに伝えたくてしょうがない。

そして、誰に一番伝えたいかと言えば。

「絹さんっ……！」

居ても立ってもいられず、片付けは後回しにしてバックヤードへ走る。

絹さんは途中から席をはずしていたが、まったく中の様子を聞いていなかったということはないだろう。

……でも、どうして漆谷さんの見送りには出てこなかったんだ？

頭の隅に疑問を浮かべながら、バックヤードに続くスイングドアを押し開けた。備品を収納している棚の前にはふたり掛けの小さなテーブルセットが置かれていて、絹さんはそこに座っていた。彼女にしては珍しく、背中を丸めてだらしなくテーブルに突っ伏した状態で。

「……絹さん？」

「あー……馬締くん？」

背を丸めたままゆらりとこちらを向いた顔が、妙に色っぽくてドキッとする。

（これは……）

歩み寄りながら〝ちらっ〟とテーブルの上を確認すると、俺が練習で何杯も作ったアプリコットフィズとロージー・アプリコットフィズの群れ。……の、空っぽになったグラス。

まさか、と思って尋ねてみる。

「絹さん……もしかして全部飲んだ？」

「うん」

「捨てたわけじゃなくて？」

「全部飲んだよ！　弟子が作ったカクテルを捨てるわけないでしょ！」

「いやぁ、でも」

ほんとに？

てっきりシンクに流して捨てられる運命だと思っていたし、それは材料が勿体ないから後で俺が自分で飲もうと思っていた。

正直、すげぇ感動してる。〝弟子が作ったものだから〟と粗末にしないでいてくれたその心意気に。男前すぎでしょ。マジでなんなの。惚れ直すじゃん……。

(でも)

それにしたって飲みすぎじゃない？

だってこれ何杯あったよ。十杯以上あったはずだろ。

俺はニヤけそうなくらい嬉しい気持ちを一旦胸に押し込み、彼女の調子を窺った。

「さすがに酔うっしょ。大丈夫？」

「大丈夫大丈夫！　私お酒強いから！　バーメイドだから!!」

「痛い痛い痛い。叩くのヤメテ」

腕を思いきりバシバシと叩かれて〝ああこれは本格的に酔ってんなぁ……〟と確信した。いつもより明らかにテンションが高い。知らなかった。絹さんは酔うと陽気になるみたいだ。

俺は思わず真顔になる。

(……可愛すぎでは？)

〝バーメイドだから!!〟って何それ？　めちゃくちゃ萌えるんですけど……！

動画撮りたいんだけどダメかな!?　……ダメだよな。良識が試されている……。

一仕事を終えて疲弊していたところに、こんな破壊力の高いご褒美は供給過多だ。

俺は「はぁ〜……」と深いため息をついて、椅子に座っている絹さんのそばにしゃがみ込んだ。自分の首裏をさすりながらボソッと愚痴をこぼす。

「〝飲み口が軽いお酒は飲みすぎに気をつけろ〟って、自分が言ったくせに……」

「なんて？」

「なんでもねぇですよ。やっぱ絹さん酔ってるでしょ、お茶持ってこようか？」

「馬締くんお疲れですね？」

「そりゃあねぇ……っていうか会話してよ」

この状況にすっかり参ってしまって、絹さんの顔を見た。椅子に座っている彼女のそばにしゃがみ込んでいたので、俺が絹さんを下から見上げる形になる。

絹さんはいつの間にか机に伏せるのをやめ、体を俺のほうに向けていた。とろっと蕩《とろ》けた微笑を向けてくる。その笑顔に目を奪われる。

「今日の馬締くんは本当にすごかった」

これが自分だけに向けられた笑顔だと思うと全身がさざめいて、眩暈《めまい》を起こす。しゃがんでいるのにクラクラして、こけそうになって。なんとか踏みとどまって絹さんの顔を見つめ返していた。絹さんは容赦なく俺を褒めてくる。

「計量も、シェークも、炭酸の扱いも……あんなに上達するなんて思わなかった」

「いや……でも俺、ほら、〝お客さんのことを考える〟っていう一番大事なことはできてなかったわけだし……」

まっすぐ褒められたことに思いのほか照れてしまって、ずっと見ていたい笑顔からもつい目をそらした。こんなん普通に無理だろ。いっつも可愛いけど、酔ってるせいか異常に色っぽいんだよ。目は潤《うる》んでるし、頬はほんのり赤いし。

照れたせいで卑屈な返事をした俺に、絹さんは構わずグイグイくる。

「やだ、もしかして気にしてた？　全然大丈夫なのに！　この課題の中で学んでくればいいな〜くらいの気持ちだったから」

「あ、そうなんだ!?」

本気でもうダメだと思ったのに！　あのヒヤヒヤを返して！

酔って饒舌になった絹さんのおしゃべりは止まらない。

「それに、あの短時間でよくバラのアレンジなんて考えついたよね！　漆谷さんとも打ち解けてたし、もう何も言うことない……」

「バラのアレンジは絹さんが……っていうか、よかった。ちゃんと漆谷さんとのやりとり見ててくれたんだ」

「見てましたとも！。私の知らない昔話まで聞き出してたね。ほんと私の弟子、優秀すぎて……！」

「絹さん、キャラ変わりすぎ」

とことん熱を入れて喜んでくれるものだから、俺も嬉しくて「ふははっ」と声を出して笑ってしまった。弟子だと言って褒めてくれることが何より嬉しかった。

ほんとに、諦めずに頑張ってよかった……。

ひと安心したところで、そろそろ絹さんには酔いを覚ましてもらわないと。

「じゃあ俺、ちょっとお茶取りに——」

絹さんに飲ませるお茶を取りに行くため立ち上がろうとしたときのことだ。上から
ガシッと頭を掴まれ、俺は立ち上がることができずに座ったままつんのめる。

「ちょっ……絹さん！　何してんのっ!?」

「優秀すぎてニクいわっ！　満点合格です!!　馬締くん、よくやったね～！」

そう言って絹さんは、ご機嫌なテンションで俺の頭を思い切りくしゃくしゃと撫で
回した。

（うわっ……）

当然のごとく俺は動揺した。……今までこういうのしたことないじゃん！

好きな人に頭を撫でられるという突然のビッグイベントに、頬が勝手に熱くなって
いく。

「やっ……やめて。マジで。頭ぐしゃぐしゃんなるからっ……」

「絹さんは嬉しい！」

聞いてねぇな。

見なくてもわかるほど、今朝セットした髪はぐしゃぐしゃにされていた。まるで犬と戯れるかのように〝わしゃわしゃーっ！〟と激しく乱される。放っておけばいつまでも俺の頭を撫でくり回していそうなくらい、酔った絹さんははっちゃけていた。

（……くそ）

こんなことで嬉しいと思ってしまう自分が悔しい。心地いいし、ずっとこうしててほしいと思ってしまうことが恨めしい。

なんで俺ばっかりこんな好きなんだろう……。

そんなどうしようもないことを考え出すと一気に気が抜けた。所詮、片思いなんてこんなもんだと観念して、それと同時に悪戯心が芽生える。

――どうせ絹さんは酔っているんだし。

今ちょっと冗談を言ったところで、すぐに忘れるだろうから。

それくらいの気持ちで口走った。

「……そんなに褒めてくれるならさ」

「うん？」

「ご褒美にチューしてよ」

……なんてな。してくれるわけがない。

どうせ「やだ」と笑う絹さんに冗談扱いされて終わるんだ。知ってた～。せめて酔ってさえいなければ、少しは困らせてやれたのかな。

――そう思っていたのに。

「……えっ」

〝グイッ！〟と強い力で無理やり上を向かされた。いつの間にか俺の両頬に触れていた、華奢な手による犯行だった。

次の瞬間に見えたのはぽってりとした色っぽい唇。熱っぽい瞳。

顔にかかる呼気から感じた甘くほろ苦いアマレットの香り。

それから、華やかに広がったローズの香り。


俺は絹さんにキスされていた。


「……んっ」

何が起きたかわからず、呼吸をすることも忘れて。

世界が突然ひっくり返ってしまったかのような衝撃に見舞われる。

どこに持っていけばいいのかわからない手を宙に浮かせ、唇にフニフニとした弾力をしっかり感じ、フリーズすること五秒。

「っ……ん……はぁっ……うわっ⁉」

突き合わせていた唇同士がズレたと思うと、絹さんが椅子から崩れ落ちてこちらに倒れてきた。慌てて抱きとめ、俺はその拍子に尻餅をついた。

無事に俺の腕の中に収まった絹さん。

（……何が起きたんだ？）

バクバク鳴りっぱなしの心臓。

彼女は俺の体にしなだれかかったまま、そこから少しも動こうとしない。

「きっ……絹、さん……」

今のは何？

なんで？

確かに「ご褒美にチューして」とは言ったけど。だからって、その気もないのにキスなんてしない……いやどうだろ⁉　もしかして大人の女はするのか⁉

わからない……！

「っ……絹さんっ」

絹さんの口から直接説明してもらわないと、何もわからない。

今のキスに特別な意味はあるのか。

俺は前よりも恋愛対象に近づけているのか。

このキスから、自分たちの関係はどう変わるのか。

――けれど俺の耳に聞こえてきたのは、静かな呼吸音だった。

「……寝てるんかーい」

バックヤードに虚しく響く俺のツッコミ。

絹さんは俺の二の腕にくたりと頭を凭《もた》れ、寝こけていた。


漆谷さん。あんたの言ったことに完全に同意だ。

女性って、ほんっっっとに読めない。

全然読めない。

あとがき

スターツ出版文庫さまでは初めまして。兎山もなかと申します。

この度は『ヘタレな俺はウブなアラサー美女を落としたい』をお手に取っていただき、また、ここまでお付き合いいただきまして本当にありがとうございました。

お酒は普段家ではほとんど飲まなくて（飲んだ後は一切原稿できないので……）、外で人と楽しく飲むのが好きです。そんな中でもバーは特別な場所で、大学生の頃は本作の馬締のように少し背伸びして、ソワソワしながら訪れたのを覚えています。大人になれば普通に通えるかと思いきや、会社員時代は上司や先輩に、物書きになってからは編集さんに連れて行っていただく、年に数回のスペシャルな場所になりました。

本当は〝近所に行きつけのバーがある〟とか、そういうのに憧れるんですが……！

本作は〝主人公をアラサー女子にする〟ということだけ先に決まっていて、何かいい題材ないかな～と探していたところ、当時ちょこちょこプレイしていたアプリ『第五人格』の中に〝バーメイド〟という役職を発見。バーメイドって何？　と思って調べると、女性のバーテンダーであることが判明し、〝女性バーテンダーめちゃ格好いい！　アラサーバーメイドにしよ……！〟と即決でした。思いがけずネタが見つかることもあるので、遊びも大事ですね！

そうやって見つけた心ときめく設定と、大好きなお酒を題材にした本作。腹を探り合う馬締と絹のじれったい恋模様も楽しんで書くことができましたので、あなた様にもお楽しみいただけていたら嬉しいです。

最後になりましたが、本作の刊行にあたってお力添えくださった皆様に御礼申し上げます。見てるだけでニヤニヤしてしまうキュートな表紙を描いてくださった、こう森先生。前担当様。担当様。編集部様をはじめ本作に携わってくださった皆様。本当にありがとうございました。

ここまで目を通してくださったあなた様も、貴重なお時間を本当にありがとうございます。是非またどこかでお目にかかれますように。

二〇二〇年六月　　兎山もなか

この物語はフィクションです。実在の人物、団体等とは一切関係がありません。

兎山もなか先生へのファンレターのあて先
〒104-0031　東京都中央区京橋1-3-1　八重洲口大栄ビル7F
スターツ出版（株）書籍編集部 気付
兎山もなか先生

ヘタレな俺はウブなアラサー美女を落としたい

2020年6月28日　初版第１刷発行

著　者　　兎山もなか　©Monaka Toyama 2020

発 行 人　　菊地修一
デザイン　　カバー　北國ヤヨイ
　　　　　　フォーマット　西村弘美
発 行 所　　スターツ出版株式会社
　　　　　　〒104-0031
　　　　　　東京都中央区京橋1-3-1　八重洲口大栄ビル7F
　　　　　　出版マーケティンググループ　TEL 03-6202-0386
　　　　　　（ご注文等に関するお問い合わせ）
　　　　　　URL　https://starts-pub.jp/
印 刷 所　　大日本印刷株式会社

Printed in Japan

ISBN　978-4-8137-0926-8　C0193

スターツ出版文庫　好評発売中!!

『またもや不本意ながら、神様の花嫁は今宵も寵愛されてます』涙鳴《るいな》・著

『ともに生きよう。俺の番』――不運なOL生活から一転、神様・朔の花嫁となった雅。試練を乗り越え、朔と本当の夫婦になれたはずなのに“寝床が別”ってどういうこと…⁉　朔との距離を縮めようとする雅だが、ひらりと躱され不満は募るばかり。そんな最中、またもや雅の特別な魂を狙う新たな敵が現れて…。朔の本当の気持ちと、夫婦の運命は――。過保護な旦那様×お転婆な花嫁のどたばた＆しあわせ夫婦生活、待望の第２弾！

ISBN978-4-8137-0909-1 ／ 定価：本体560円＋税

『夜が明けたら、いちばんに君に会いにいく』汐見夏衛《しおみなつえ》・著

高２の茜は、誰からも信頼される優等生。しかし、隣の席の青磁にだけは「嫌いだ」と言われてしまう。茜とは正反対に、自分の気持ちをはっきり言う青磁のことが苦手だったが、茜を救ってくれたのは、そんな彼だった。「言いたいことあるなら言っていいんだ。俺が聞いててやる」実は茜には、優等生を演じる理由があった。そして彼もまた、ある秘密を抱えていて…。青磁の秘密と、タイトルの意味を知るとき、温かな涙があふれる―。文庫オリジナルストーリーも収録！

ISBN978-4-8137-0910-7 ／ 定価：本体700円＋税

『美味しい相棒～謎のタキシードイケメンと甘い卵焼き～』朧月《おぼろづき》あき・著

「当店では、料理は提供いたしておりません」――。大学受験に失敗した良太が出会った一軒のレストラン。それはタキシードに身を包んだ絶世の美男・ルイが、人々の“美味しい”を引き出す食空間を手がける店。病気がちの祖母に昔のように食事を楽しんでほしい――そんな良太の願いを、ルイは魔法のような演出で叶えてしまう。ルイの店でバイトを始めた良太は、様々な事情を抱えたお客様がルイの手腕によって幸せになる姿を見るうちに、自分の歩むべき道に気づき始めて――。

ISBN978-4-8137-0911-4 ／ 定価：本体600円＋税

『ニソウのお仕事～推理オタク・まい子の社内事件簿～』西《にし》ナナヲ・著

「困り事があったら地下の伝言板に書き込むといい。第二総務部（通称ニソウ）が助けてくれるから」。会社にある、都市伝説のような言い伝え。宣伝課のまい子が半信半疑で書き込むと、ニソウによってトラブルが解決される。しかし、ニソウは社内にないはずの謎の部署。推理小説好きのまい子が、正体を突き止めようとすると、ニソウの人間だと名乗る謎のイケメン社員・柊木が現れる。彼は何者…？柊木に推理力を買われたまい子は、ニソウの調査員に任命されて…⁉

ISBN978-4-8137-0912-1 ／ 定価：本体620円＋税

スターツ出版文庫　好評発売中!!

『きみの知らない十二ヶ月目の花言葉』いぬじゅん・櫻《さくら》いいよ・著

本当に大好きだった。君との恋が永遠に続くと思っていたのに——。廃部間近の園芸部で出会った僕と風花。花が咲くように柔らかく笑う風花との出会いは運命だった。春夏秋と季節は巡り、僕らは恋に落ちる。けれど幸せは長くは続かない。僕の身体を病が蝕んでいたから…。切なくて儚い恋。しかし悲恋の結末にはとある"秘密"が隠されていて——。恋愛小説の名手、いぬじゅん×櫻いいよが男女の視点を交互に描く、感動と希望に満ち溢れた純愛小説。

ISBN978-4-8137-0893-3 ／ 定価：本体680円＋税

『カフェ飯男子とそば屋の跡継ぎ〜崖っぷち無職、最高の天ざるに出会う。〜』喜咲冬子《きさきとうこ》・著

預金残高325円。相棒に裏切られ、カフェ開業の夢を絶たれた武士は、今まさに屋根から飛び降りようとしていた。その一瞬、目に留まったのは向かいのそば屋。「最後に美味い飯が食いたい」実はそこは、かつての友人・道久が働くお店。そして、絶賛求人募集中だった！　人生最後のご飯のつもりがまさかの逆転!?　しかもこの商店街、何かが変で…!?　料理に人生を賭けるふたりの男が、人間も幽霊も、とにかく皆のお腹を満たします！

ISBN978-4-8137-0894-0 ／ 定価：本体610円＋税

『ご懐妊!! 3 〜愛は続くよ、どこまでも〜』砂川雨路《すながわあめみち》・著

愛娘・みなみの誕生から半年。愛する旦那様・ゼンさんと育児に奮闘中の佐波は、勤務先からの要請で急きょ保活をスタート。１歳にもならないみなみを預けることに葛藤を抱きながらも無事に職場復帰を果たすが、育児と仕事の両立、みなみの病気など、ワーキングマザー生活は想像以上に大変で…。しかも追い打ちをかけるように、ゼンさんに美人派遣社員との浮気疑惑が！初めての夫婦の危機に佐波はどうする…!?人気のご懐妊シリーズ、ついに完結！

ISBN978-4-8137-0895-7 ／ 定価：本体600円＋税

『神様こどもと狛犬男子のもふもふカフェ〜みんなのお悩み祓います！〜』江本《えもと》マシメサ・著

東京での生活に疲れた花乃は、母親代わりだった祖母が亡くなったのを機に、田舎にある祖母の家へと引っ越してくる。しかし無人のはずの家には見知らぬイケメンが三人住んでいて、「和風カフェ・狛犬」の看板が。彼らは地元の神様と狛犬で、祖母の依頼で人間に姿を変えカフェを開いていたのだ。祖母の意志を継ぎ、彼らと共にカフェを続けることにした花乃。お菓子を作り、訳ありなお客様を迎えるうちに、やがて忘れていた"大事なもの"を取り戻していって——。

ISBN978-4-8137-0896-4 ／ 定価：本体580円＋税

スターツ出版文庫　好評発売中!!

『神様のまち伊勢で茶屋はじめました』梨木《なしき》れいあ

「ごめん、別れよう」――6年付き合った彼氏に婚約破棄された葉月。傷心中に訪れた伊勢でベロベロに酔っ払ったところを、怪しい茶屋の店主・拓実に救われる。拓実が淹れる温かいお茶に心を解かれ、葉月は涙をこぼし…。泣き疲れて眠ってしまった翌朝、目覚めるとなんと“神様”がみえるようになっていた…!? 「この者を、ここで雇うがいい」「はあ!?」神様の助言のもと葉月はやむ無く茶屋に雇われ、神様たちが求めるお伊勢の“銘菓”をおつかいすることになり…。

ISBN978-4-8137-0876-6 ／ 定価：本体550円＋税

『ウソつき夫婦のあやかし婚姻事情～旦那さまは最強の天邪鬼!?～』編乃肌《あみのはだ》・著

とある事情で恋愛偏差値はゼロ、仕事に生きる玲央奈。そんな彼女を見かねた従姉妹が勝手に組んだお見合いに現れたのは、会社の上司・天野だった。しかも、彼の正体は『天邪鬼の半妖』ってどういうこと!? 「これは取引だ。困っているんだろ？その呪いのせいで」偽の夫婦生活が始まったものの、ツンデレな天野の言動はつかみどころがなくて……。「愛しているよ、俺のお嫁さん」「ウソですね、旦那さま」これは、ウソつきな２人が、本当の夫婦になるまでのお話。

ISBN978-4-8137-0877-3 ／ 定価：本体610円＋税

『365日、君にキセキの弥生桜を』櫻井千姫《さくらいちひめ》・著

就活で連敗続きの女子大生・唯。ある日、帰りの電車で眠り込み、桜の海が広がる不思議な『弥生桜』という異次元の町に迷い込んでしまう。さらに驚くことに唯の体は、18歳に戻っていた…。戸惑う唯だが、元の世界に戻れる一年に一度の機会があることを知り、弥生桜で生活することを決める。外の世界に憧れる照佳や、心優しい瀬界たちと、一年中桜が咲く暖かい町で暮らしながら、唯は自分自身を見つけていく。決断の１年が経ち、唯が最終的に選んだ道は…桜舞い散る、奇跡と感動のストーリー。

ISBN978-4-8137-0878-0 ／ 定価：本体610円＋税

『円城寺士門の謎解きディナー～浪漫亭へようこそ～』藍里《あいさと》まめ・著

時は大正。北の港町・函館で、西洋文化に憧れを抱きながら勉学に励む貧乏学生・大吉は、類い稀なる美貌と資産を持つ実業家・円成寺士門と出会う。火事で下宿先をなくし困っていた大吉は、士門が経営する洋食レストラン「浪漫亭」で住み込みの下働きをすることに。上流階級の世界を垣間見れると有頂天の大吉だったが、謎解きを好む士門と共に様々な騒動に巻き込まれ…!?　不貞をめぐる夫婦問題から、金持ちを狙う女怪盗…次々と舞い込んでくる謎を、凹凸コンビが華麗に解決する！

ISBN978-4-8137-0879-7 ／ 定価：本体610円＋税

スターツ出版文庫　好評発売中!!

『こころ食堂のおもいで御飯～あったかお鍋は幸せの味～』栗栖《くりす》ひよ子・著

結が『こころ食堂』で働き始めてはや半年。“おまかせ”の裏メニューにも慣れてきた頃、まごころ通りのみんなに感謝を込めて“芋煮会”が開催される。新しく開店したケーキ屋の店主・四葉が仲間入りし、さらに賑やかになった商店街。食堂には本日もワケありのお客様がやってくる。給食を食べない転校生に、想いがすれ違う親子、そしてついにミャオちゃんの秘密も明らかに…!?　年越しにバレンタインと、結と一心の距離にも徐々に変化が訪れて…。

ISBN978-4-8137-0834-6 ／ 定価：本体630円＋税

『一瞬を生きる君を、僕は永遠に忘れない。』冬《ふゆ》野《の》夜空《よぞら》・著

「君を、私の専属カメラマンに任命します！」クラスの人気者・香織の一言で、輝彦の穏やかな日常は終わりを告げた。突如始まった撮影生活は、自由奔放な香織に振り回されっぱなし。しかしある時、彼女が明るい笑顔の裏で、重い病と闘っていると知り…。「僕は、本当の君を撮りたい」輝彦はある決意を胸に、香織を撮り続ける——。苦しくて、切なくて、でも人生で一番輝いていた２カ月間。２人の想いが胸を締め付ける、究極の純愛ストーリー！

ISBN978-4-8137-0831-5 ／ 定価：本体610円＋税

『八月、ぼくらの後悔にさよならを』小谷《こたに》杏子《きょうこ》・著

「もしかして視えてる？」——孤独でやる気のない高２の真彩。過去の事故がきっかけで幽霊が見えるようになってしまった。そんな彼女が出会った“幽霊くん”ことサトル。まるで生きているように元気な彼に「死んだ理由を探してもらいたいんだ」と頼まれる。記憶を失い成仏できないサトルに振り回されるうち、ふたりの過去に隠された“ある秘密”が明らかになり…。彼らが辿る運命に一気読み必至！「第４回スターツ出版文庫大賞」優秀賞受賞作。

ISBN978-4-8137-0832-2 ／ 定価：本体600円＋税

『その終末に君はいない。』天沢《あまさわ》夏月《なつき》・著

高２の夏、親友の和佳と共に交通事故に遭った伊織。病院で目覚めるも、なぜか体は和佳の姿。事故直前で入れ替わり、伊織は和佳として助かり、和佳の姿になった伊織は死んでいた……。混乱の中で始まった伊織の、“和佳”としての生活。密かに憧れを抱いていた和佳の体、片想いしていた和佳の恋人の秀を手に入れ、和佳として生きるのも悪くない——そう思い始めた矢先、入れ替わりを見抜いたある人物が現れ、その希望はうち砕かれる……。ふたりの魂が入れ替わった意味とは？　真実を知った伊織は生きるか否かの選択を迫られ——。

ISBN978-4-8137-0833-9 ／ 定価：本体630円＋税

書店店頭にご希望の本がない場合は、書店にてご注文いただけます。